Onizuka hideaki

鬼塚英昭

海の門

別府劇場哀愁篇

SEIKO SHOBO

私が見つめた「海の門」

◉はじめに

この本は、私が青春の日々に見た光景を語る本である。

私は大分県の別府市という温泉町で一九三八年（昭和十三年）一月六日に生まれた。太平洋戦争が敗北に終わったのは、一九四五年（昭和二十年）八月十五日、私は小学校に入ったばかりであった。あの戦争前後のことはよく記憶している。日本の敗北の前、隣接する大分市は空襲に遭い、ほぼ潰滅した。しかし、別府市には一発の焼夷弾も落ちなかった。しばらくして、一発の焼夷弾も落ちない原因が分かった。沢山のアメリカ兵（ＧＩ）と、そのアメリカ兵を狙う売春婦《パンパン》たちが現れたのである。

私は驚きの連日をすごした。私の家の近くに、今なら中学の高学年か、それとも高校一年生の、それはそれは美しいお姉さんがいた。そのお姉さんを両親がパンパンにした。そして、米兵に手篭めにされて死んでいった。

私は母に、「なぜ、姉ちゃんは死んだんか」と問うた。母は「ヒデのう、あん娘《こ》はのう、無理やりにパンパンにさせられて、あそこが破れたんだ……」と言った。この時の悲しい心が、この本を書く直接の動機となった。第八章「赤い薔薇の花の悲劇」は、私の鎮魂の詩である。

もう一人の主人公、「フー」なる人物もモデルはいる。しかし、単数ではなく複数である。六万人にすぎなかった別府の人口が戦後、一時は三倍にまで膨れあがったのである。その激変の町に、元検事、元大学教授、元弁護士もいた。パンパン相手の英語教師をするインテリもかなりいた。たとえパンパンであれ、クレージー・マリーは私の理想の女性である。たとえルンペンに身を落としはしても、「フー」なる人物は私の理想の男性である。

第十一章「涙の花」に「ミス別府」が登場する。実在の女性をモデルにした。私は子供のころ、彼女をチラッと見たことがある。その美貌を今も忘れない。

パンパンは私が高校三年生のとき、一九五六年（昭和三十一年）七月六日に消えていく運命となった。この日米軍が別府から去ったからである。

私はパンパンたちを見つつ、時に笑い、時に悲しみ、生きてきたのである。それゆえにこそ、この本は私の青春そのものなのだ。

この本を書くにあたり、数年間にわたって別府の歴史を調べたり、数多くの人々にインタビューした。私の処女作であり、忘れえぬ作品である。この本の私家版の「あとがき」に「平成十四年九月二十五日」という日付が残っている。十二年前の作ということになる。しかし今も、私はこの本とともに、ここ、別府に生きている。

平成二十六年四月

鬼塚英昭

海の門◉目次

本書は二〇〇二年に著者が自費出版した同名書の公刊版です。刊行にあたっては大幅に加筆修正し、図版や写真を付しました。
現在では使用を避けるべき言葉が頻出しますが、本書の時代背景を考慮して敢えて使用しています。

〔装幀〕
フロッグキングスタジオ
〔カバー写真〕
Chunyang, Lin (Taiwan) /getty images
〔本文写真〕
毎日新聞データベースセンター
別府郷土史研究会発行『記録写真集二豊今昔』より

海の門

別府劇場哀愁篇

海門寺異聞 ◉ 第一章

海の門の寺と書いて海門寺《かいもんじ》という。その山門は海に面して建つと考えるは当然であろうが、その山門は西南に向いて立っている。海門寺は山号を久光山または宝生山と号する曹洞宗の寺である。この海門寺は久光島に建長三年（一二五一年）に建立されたという。昔、別府の町の沖合いに瓜生島と久光島という美しい二つの島があった。久光島は、朝見川のデルタにできた農地ではなかったかという説がある。

この久光島が別府湾の西南方にあったとみると、かつて寺があった方向に向いて山門が立ったと言えるかもしれない。

また、この山門は丑寅《うしとら》の方向に向いて立っている。その面から考察するならば、鬼門鎮守の道場とも考えられよう。

瓜生島は周囲三里、久光島は約一里であった。慶長元年（一五九六年）七月十二日、大津波で瓜生島は水没した。その翌年の慶長二年七月二十九日、またしても大津波が別府湾を襲い、久光島も没した。それから三年たった慶長五年の秋の九月、大友と黒田の両軍による石垣原の合戦があった。この合戦の後に毎年飢餓・悪疫が続いたという。

この頃、府内（大分）から雷州禅師が別府に迎えられ祈祷をされた。悪疫はおさまり、五穀豊饒のときが来た。別府の民百姓はこぞって禅師にこの地に留まるように願った。そして、海門寺が再び甦ったのである。

当時、この海門寺のあった的ヶ浜の一本の松の下に不思議な霊光が現れたという。その霊光は先に久光島とともに海底に沈んだはずの御本尊、延命地蔵菩薩毘沙門天から発せられたものであった。かくて、現在もこの毘沙門天が御本尊となっている。ここは別府の町の鬼門除けの鎮守の寺でもあるのだ。朝見八幡神社が裏鬼門除けとなっているゆえ、相対して別府の町を守り続けてきた最も重要な地点なのである。また、寺内には孝行芸者の糸竹地蔵や福徳毘沙門天、豊川稲荷も祀られている。

昔の海門寺境内は広々としていた。東は的ヶ浜に達し、この海辺を海門寺浜と当時の人々は呼んでいた。また、その参道は駅前通りを横切り銀座裏通りに達していた。海門寺裏から海岸に流れる小川は、海門寺浜の沖で沼を形成し、葦が一面に茂っていた。その海門寺浜には弓掛の松があった。鎮西八郎為朝が弓の的にしたという伝説による。この松は明治時代までは、海門寺弧松とも的ヶ浜の根まがり松とも言われた。この松の根元から太い枝が一本横に曲がっていて、その曲がったところが砂に接していたので幼い子供たちも木登りができた。

明治、大正、そして昭和の初期まで、浜脇や別府の町で女遊びするのには銭の足りない兄ちゃんたちが、子守の姉ちゃんたちを口説いて大変安い女遊びをしたのは、この弓掛の松の辺であった。彼らがこんな行為をできたのは、海門寺が戒律厳しい禅寺で、見渡すかぎりの墓地を持っていたからであった。子守の姉ちゃんたちは幼な子に境内や墓地に植えられていた夏ミカンを捥《も》いで与え、兄ちゃんたちと愉しい一時を過ごした。甘く酸っぱい恋の芽生えた処こそ海門寺であった。

大正五年（一九一六年）、流川通りが国道十号線と交わる辺りの楠町に大阪商船の別府桟橋が完成した。この桟橋の出現により、四国、中国、そして関西と結ぶ海の道が誕生した。かくて別府は「海の門」となった。しかし、当時の桟橋は「木の浮舟」と呼ばれたほどの粗末なものであった。だがとにかく、別府桟橋と海門寺が別府の海の門のシンボルとなったのは間違いのないところである。

海門寺に隣接した西側の墓地を公園にしようという動きが昭和に入ってから生まれた。昭和五年（一九三〇年）四月、海門寺公園が誕生した。当初は公園のメインとして、温泉栽培の花壇ができたが、いつの間にか姿を消した。墓はその後、野口原に移された。

数百年を経た老松と大楠がこの公園の風情を深くする。現在は消えたが、園内には猿小屋と池があった。その公園の中央の池には噴水があり、その飛沫を四散していた。公園の北側には元外相小村寿太郎が寄贈したという日本棋院大分県支部の建物がある。また、この棋院の前には海門寺温泉がある。

かつて不老暢人《ふろうちょうにん》なる者が「海門寺」という詩をつくった。

小雨降る松の木蔭に湯あがりの
姿小粋な相合い傘
近く聞こゆる爪弾きは
何の謎かと海門寺

この閑静なたたずまいの海門寺とその公園は敗戦後、その姿を一変させるのである。

敗戦直後、山門入口の両側には白壁塀があり、老松が数本立っていた。その老松と白壁

◉終戦後の別府市街図

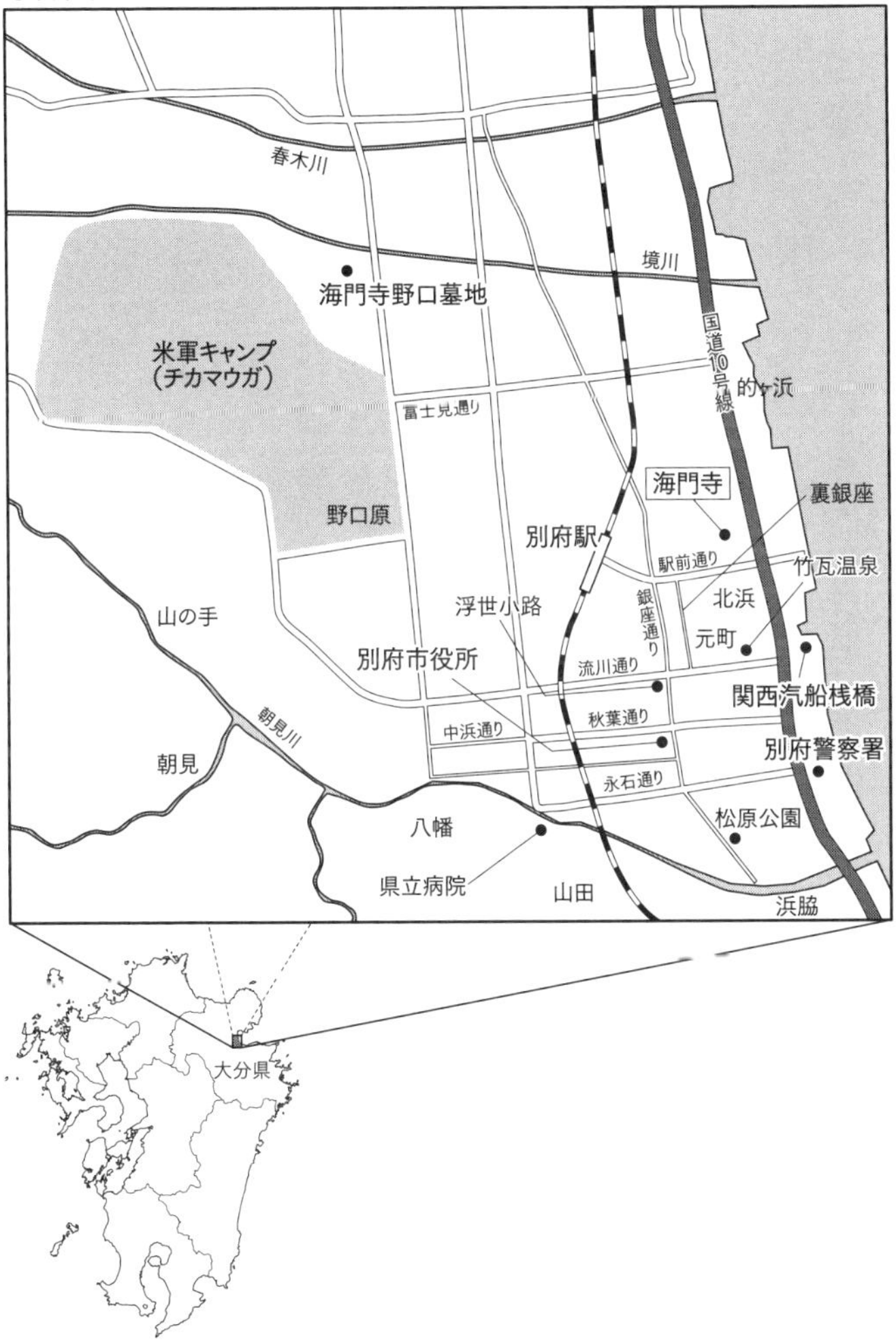
春木川
境川
海門寺野口墓地
米軍キャンプ
（チカマウガ）
国道10号線
的ヶ浜
富士見通り
海門寺
裏銀座
野口原
別府駅
駅前通り
竹瓦温泉
浮世小路
銀座通り
北浜
山の手
元町
別府市役所
流川通り
関西汽船桟橋
朝見川
秋葉通り
中浜通り
別府警察署
朝見
永石通り
八幡
松原公園
県立病院
山田
浜脇
大分県

塀が、空気の流れが悪い、陽が射さない、という苦情の中で塀は壊され、松は伐《き》られた。そのすぐ後に、闇市のバラックが無許可で建った。

猿たちも人間と同じように変わっていった。猥雑な人間たちの誰かが教えたのであろうか、寂しげな眼をした一匹の牡猿が絶えずオナニーをするようになった。その猿は自ら出した液をまた飲み込むのであった。雌猿は欲情を叶えられず、いつも口をむき出しにして、眼が合った人間ども目掛けて飛びかからん勢いであった。

公園管理のノミの夫婦が公園の傍らに住んでいた。肥えたオバサンは餌の芋を与えつつ、牡猿を叱るのであった。その時ばかりは、理解できるかどうか、牡と雌の猿はオバサンの忠告に耳を傾けた。餌を与えるオバサンの傍らで、小男で小心者の旦那も餌の入ったバケツを持って神妙に女房の怒鳴り声に聞き入るのだった。

「馬鹿猿め、発情している雌猿がいるのに少しは同情してやれや。やい、雌猿よ。お前さん少しは機嫌を直せ」

戦争が終わると、ぽちぽちとパンパンとアメリカ兵が海門寺界隈に登場してきた。海門寺の山門の中の竹林、公園の中にできていた防空用の地下壕の中で彼らは青姦をした。パンパンは事を済ませるとアメリカ兵を猿小屋に誘い指をさす。怪訝な顔をして見ていたアメリカ兵もその意味をすぐに悟り、笑い転げる。雌猿は見馴れない大男に笑われて怒り狂う。猿としての猿格を無視されたのだ。どうして怒らずにおれようか。その大男目掛けて猛突進する。しかし、悲しいかな金網が雌猿の突進を阻害する。猿も狂いだした。まして人間においてをや、ということになる。

敗戦の十年ほど前、海門寺に大変有名な小僧、即ち悪坊主がいた。自分より弱い者を容赦なくいじめた。隣接する北小学校の鐘楼からゴーンという鐘の音が市内に響き渡る。その余韻が長く引いてか、まだ引き切れぬ間に海門寺の鐘がゴーンと鳴りだす。この鐘を鳴らす役をしたのが佐藤という小僧であった。この小坊主の力強さに刃向かう者はいなかった。

ただひとつだけ、この小坊主をやっつけられる時があった。それは小僧が海門寺の和尚と檀家廻りをしている時だった。その様子を見届けると、いじめられている子供たちは一斉に大声で唄いだすのであった。

朝日に輝く海門寺
和尚の頭はピーカピカ

小僧の頭はフケだらけ

このように唄っては、いじめられっぱなしの子供たちは幾らかの鬱憤を晴らした。佐藤という小僧は、和尚と檀家廻りをする時は墨染めの衣を着ていた。この時だけは「くそ坊主」と言われても、じっと我慢するしかなかったのだ。

それから十年、佐藤という小僧もいじめられた子供たちも、ほとんど戦争に行った。そして、彼らの大部分は帰らぬ人となった。佐藤という小僧もその行方は知れなかった。和尚は年を取り、終戦後死んだ。空白となった和尚の地位についた男の名を長山憲弘といった。彼は四国各地を廻っていた旅役者の一人であった。どこをどう間違ったのであろうか、長山は同じ旅役者の女房を連れて、この海門寺の住職となった。女房はパンパンかと見紛うほど派手な服を着ていた。山門の前の白壁の塀を壊したのも、老松を伐り倒したのもこの住職のやったことであった。

やがて海門寺に、「大分県曹洞宗宗教所」の看板の隣に「大分県公認　加工水産物荷受機関」の表札が掛けられた。和尚公認の魚の取扱所というわけである。生臭坊主により、「太洋」や「南水」などの名がついた生臭い魚箱《トロばこ》が、軒の高さまで積み重ねられたのである。本堂での勤行の木魚の音に混じって、大広間に陣取った大分県林産物会社や協和物産のソロバンの音や、電話のベルがけたたましく鳴り響いたのである。

県の社会課の役人も、市役所の役人も、海門寺を訪れては、この役者住職に「宗教以外の営利事業への間貸しは相成らん」と幾度も忠告したのであったが、住職は拒否し続けた。彼の言い分は以下のようなものであった。

「以前は托鉢で食っていたんだ。先住一代の苦心で門徒が二百軒ほどでき、一時的な信者も二百軒ぐらいはある。だが、月忌《がっき》参りは月平均三百軒で、その収入は一軒あたり三円八十銭です」

即ち身入りが少ないという説法である。彼の言い分を続けよう。

「月忌収入しめて千百四十円に葬式法事のお布施を合わせても月二千円から四千円ではやり繰りができかねる。戦前にやっていた葬式の衣替えがなくなり、売るほどに奉納されていた米も絶え、門徒が配給米で暮らす人々では私らの食事にもこと欠くのだ」

彼の嘆き節は延々と続くのだ。「境内千八百坪、戦時中から店子となった木材会社や木材組合の門代も大したことはない」と彼は強弁した。「だから魚を売らしているんだ。文句があるか」というのが彼の本音である。引揚者のためとはいえ、稲荷堂も貸家になってしまった。山門の内外もルンペンとパンパンに占領された。

「今はな、お寺参りよりも、買い出しに忙しい連中ばかりだ」と、彼は賽銭箱の銭の少なさを嘆いてみせた。しかし、彼は突然大計画を役人たちにぶちあげるのである。

「店子の会社にはできるだけ早く移転してもらって大広間を北小学校区の公民館にし、図書館を併設し、空部屋は各種の集会場にする。別個に、幼稚園も計画中だ。また、県下あるいは近県の曹洞宗寺院の僧や家族・門徒の人たちの簡易宿泊所とし、信心と入湯を結びつける特殊な宗教道場にしたい」

別府の人力車組合で組織する「別府昭和会」は、第二十回総会を昭和二十一年（一九四六年）一月十三日、午後五時から海門寺の大広間で開いた。長山住職が導師となり、日本軍並びに連合軍の戦没者をまず追悼した。その後で、伊藤会長が「青の洞門の歴史に倣《なら》い、日本再建のために敵《かたき》同士が手を結ぼう」と演説した。

確かに伊藤会長の演説が語るように、仇敵のアメリカ兵たちは人力車に好奇の眼を向けて、これに乗って喜んだ。しかし、輪《りん》タクという人力運搬車が登場すると、その人気は急落した。間もなく会員は一人、二人と減っていき、人力車組合「別府昭和会」も解散した。

海門寺の東側、海寄りに面した一部を市が買い上げて海門寺マーケットを創設した。朝鮮からの引揚者で住居のない人たちを抽選で選び入居させた。一階は店舗で、二階が住居となっていた。昭和二十三年（一九四八年）の七月、その海門寺マーケットの一角に大きな看板が立った。

昭和12年の別府市全景（『二豊今昔』より）。当時の人口約６万が
終戦後には流入した引揚者や半島人でその３倍にも膨れ上がった。

「刑務所を出たばかりで身寄りのない人、浮浪者、本当に困っている人は直ちに愛輝会にお入りなさい。お世話します」

その隣には「別府免囚《めんしゅう》保護相談所」の木札が掛けられた。かくて多くの浮浪者、刑余者たちがここを我が家とするようになった。その数は八十人を超えた。彼らは毎日、ここを寝ぐらとして散っていった。その相談所の二階が彼らの寝ぐらだったからだ。数が増えたために、駅前にも合宿所がつくられた。彼らは一日二百円から三百五十円を稼いでは、一杯四十円のカストリ焼酎を飲むのを唯一の楽しみとした。この連中の中には、前科二十犯の恐喝専門の男もいたし、手に負えない女スリもいた。彼らが昼間、何をしているのか知ろうとする者はいなかった。

この愛輝会をつくり上げたのは横尾吉雄（当時三十九歳）であった。彼はこの組織を作ることにより、大量の幽霊名簿を作成し、主食不正受取を狙っていたのであった。彼は、昭和二十五年（一九五〇年）二月一日の夜、密造酒五升の闇買い容疑で別府署に逮捕された。二千数百名の会員を入会させ、その大部分は別府市内にいると言っていたが、この逮捕により事実が明らかとなった。別府在住の愛輝会の会員はたったの二名であった。このような事件が多く海門寺界隈に発生した。

このマーケット二十九号に、神戸の山口組三代目田岡一雄の子分小西豊勝（当時三十七歳）が住み着いた。昭和二十二年の半ば頃のことである。田岡が別府の地下組織を支配するために送り込んだ秘密兵器の一人であったが、当時の別府の人々の、一人として小西豊勝のことを知る者はなかった。

このマーケットの同じ二十九号に、色の青白い痩せた男が出入りするようになったのは、昭和二十二年の暮れ頃であった。その男の名前を石井一郎といった。後に九州一の組織暴力団の組長となる石井組初代組長石井一郎その人である。当時、彼は二十二歳であった。石井一郎について簡単に触れておこう。別府の現代史の最重要人物の一人であるからだ。

石井一郎こと山川一郎は、大正十五年（一九二六年）七月十六日に福岡県田川市後藤寺という炭坑町で生まれた。父は早く死に、母は山川光夫と再婚した。石井は義理の父に育てられたが、馴染むことができず、十一歳のとき新潟に行き土方となった。少年時代、学校の門を潜ったこともなく、喧嘩に明け暮れる毎日であった。従って、学問をした経験の全くない男である。終戦一年前、招集され一年間、満州に行った。昭和二十年九月、田川に帰り、豊州炭坑に勤めた後に、三井炭坑の坑夫の人集めをした。運悪く三井炭坑のガス爆発で、彼が送り込んだ坑夫の数名が死んだ。二十一歳のとき、石井は同じ田川出身の小島某という朝鮮半島出身者（いわゆる半島人）が経営する別府鉄輪《かんなわ》にあった大正館という劇場を訪れ、雇われることになった。昭和二十一年の暮れのことだ。

そこで石井は、劇場の宣伝ビラを撒く仕事をするようになった。大正館の雇われチンドン屋とともに海門寺界隈でチラシを配る石井の姿が目撃されている。その後、石井は当時杵築《きつき》郡といった日出《ひじ》町の衆楽館という映画と芝居を兼ねた小屋で宮森某の世話を受けることになる。即ち、衆楽館の用心棒となったのである。彼は戸籍を永らくこの芝居小屋に置いていた。石井組組長になると宮森を住居の元貸席「新都」に迎え、彼の子供の総一郎の世話をしてもらうことになる。彼は衆楽館の用心棒をする一方で、海門寺界隈をうろつき、鶴水園の用心棒の〝関東の鉄〟と呼ばれたヤクザの岡本鉄也（当時二十五歳）と交際を結ぶようになる。また、貸席錦水園の用心棒の金沢出身の春日利博（当時二十二歳）と出会うのもこの頃である。

戦前から、日本の右翼の大物の児玉誉士夫と親交があった古物商の山本米雄（仮名）の言葉を書いておこう。

「岡本鉄也が一番ヤクザらしい男だった。この男が岡本組をつくり、別府の町を支配するものと私は思っていた。とにかく女にもようもてた。春日利博は錦水園では女郎の憧れの的だった。彼はヤクザにしておくのは勿体ないと思っていた。私は金沢に帰れとよく忠告したものだ。彼は錦水園の美人女郎を連れて金沢に帰り堅気になった。石井一郎……この男は喧嘩はよくしたが、ヤクザの親分になるほどの男とは思わなかった」

山本米雄は、別府の町を支配していたのは紳士ゴロと、羽織ゴロばかりだと言って政治家の名を数名挙げた。そしてまた、こう言った。

「私は数多くのネスゴロウたちを見てきた。ネスゴロウとはね、ヤクザでもねえ、さりとて素人《しろうと》でもねえ、いわばゴロツキなんだよ」

石井一郎は複雑な性格の持ち主であった。恐喝で留置場に入る日々の方が多かったが、パンパンたちには人気があった。当時、婦人警官であった増田美枝子（仮名）は以下のように回想している。

「私はいつも、いっちゃん（彼女は石井をこのように呼んだ）に、あんたは堅気になれと言ったんだ。どこか優しい処があったんだよ。パンパンたちが住職と仲良くなり、あの海門寺の大広間でよく会合を持ちましたよ。いっちゃんは、彼女たちの世話係をしていたよ。駄菓子を手にいっぱい持ってきて、話し合いをするパンパンたちにいつも配っていた。そして集会場の後ろで腕を組んで、静かに事の成り行きを観察していたよ。若い時から人を統率する力を持っていたんだねえ」

石井はこのパンパンの集会をリードした。この物語の主人公のクレージー・マリーとの交友を通じて、そして自分が見てきた酷い生活をする街頭に立って生きてきた女を通じて、ひとつの哲学を獲得したのである。それは、単純な哲学であった。彼は、彼の哲学を、石井組をつくった後も守り通した。掟《おきて》を破った子分をぶん殴ったのである。

「いいか、街に立って生きている女たちから一銭の金も貰うことはならねえ。もし、この俺の言葉に背く奴は即刻破門にする」

パンパンたちが海門寺の山門を潜り、竹の繁る庭の奥でアメ公たちと交わるのを住職は黙認した。障子を少し開けて、彼女たちが熱中する姿を見て、女房と熱中したのであった。パンパンたちはそんな住職夫婦に、チョコレートや、ガムや、ラッキーストライクを渡した。かくて、海門寺と海門寺公園、そして海門寺マーケットは、海門寺公園の道路沿いにできた闇マーケットとともに、戦後の別府をリードする「海の門」そのものとなっていったのである。そして公園に面した西側と南側の道路に闇市があっという間にできた。

「闇市とは戦争中、日本の辺境で強制労働をさせられた朝鮮人徴用工、台湾人徴用工、中国人俘虜が都市に逆流し、彼らのイニシアティブによって崩壊した日本経済のただ中で、日本人大衆を巻き込んで自然発生的に成立した泥棒市である」（亀井トム『狭山事件』辺境社）

海門寺公園の闇市には朝鮮人徴用工たちが（北九州の炭坑、大分県の鯛生《たいお》金山等から）流れてきた。そして、日本を破った戦勝国民として「解放区」を形成したのに始まる。昭和二十年十一月三日の連合国軍総司令部（ＧＨＱ）による「解放国民として処置する」の声

米兵とたわむれる日本人女性。タバコ、ウイスキーなどを簡単に手に入れることができた（昭和21年1月、撮影地・奈良、毎日新聞社提供）

明が、彼らの支えとなった。別府警察署は「解放国民」に手を出すことができず、闇物資を扱うのをじっと見続けるしかなかった。この解放国民に日本の闇商人たちが便乗した。南部の松原公園と北部の海門寺公園の道路を不法占拠する形で闇市ができたのは、このような理由による。

簡単なバラックづくりの店はカーバイトで明かりをつけた。裸電球はもっと後のことだ。そこでは、ありとあらゆる闇物資が売られた。牛や馬を解体して売り捌く肉屋もいた。赤い血が狭い道路いっぱいに流れ、蠅や蚊がその血に喰らい付き、悪臭の限りをつくしたが、人々は別に意に介さず、肉を買い求めることに夢中になった。

その肉屋は、パージ（追放処分）に遭った元特別高等警察（特高《とっこう》）の男を用心棒にしていた。警察やMPに動きがあると、警察の内部情報を肉屋の男に教えた。また、この用心棒は他の闇屋たちのためにも働いた。共同のベルが闇屋全部につけられ、ベルが鳴ると闇屋はさっと姿を消したり、闇物資を隠すのであった。昭和二十一年の中頃から、占領軍が「解放国民」の存在を認めない方針に切り替えたからである。しかし、人々は闇マーケットの存在を認めていた。この闇マーケットの存在なくして生活が維持できないほどになっていたからである。

敗戦後の日本人の生活は、確かにどん底であった。しかし、この暗雲の空の下には、なんとも言えない明るさがあった。それは、物言える自由があったからかもしれない。日本共産党は電柱といわず塀といわず、至る所にガリ版刷りの「天皇制を打倒せよ」のビラを張っていた。それを誰も咎めなかった。この海門寺公園界隈にも、その明るさがあった。それを強いて表現するならば〝猥雑〟な明るさであった。

戦後すぐに、海門寺公園の北側の塀にくっ付く形でトントン小屋が二十軒建っていた。その二十世帯で約八十人が住んでいた。二帖に満たない小屋の中に四人平均の人々が生活していたのだ。トントン小屋というのは、周囲がトタンで出来ていて、風が吹くと「トントン、トントン」と音がしたからである。屋根に古俵を解いて載せただけのバラック小屋であった。

敗戦の直前、大分県は別府の駅前と中浜通り、そして銀座通りを「強制疎開」の地域に指定した。建造物に焼夷弾が落ちると他への延焼となるとの簡単な理由によってであった。駅前の旅館街に、県の役人が「強制疎開」という紙を張った。老人や婦人たちが駆り出され、ノコを曳き、ロープで引っ張って旅館や建物を壊した。壊し終わった途端に終戦となった。柱の木材やトタン板が大量に発生した。それを元手として、闇屋はトントン小屋の材料として大陸からの引揚者に売った。かくて海門寺公園にも、別府駅前にも、裏銀座にもトントン小屋が建ったのである。

昭和二十一年十二月四日、別府市役所の長門清掃主任は海門寺公園のトントン小屋を訪れて、大連で土木請負業をしていたと言われる吉田某に組長になるように依頼した。かくて、箒と熊手が海門寺公園内の住民の手に渡され、組長の命令の下、公園の掃除が始まった。やがて、この住民たちは住民票を与えられ、別府市民となるのである。

この公園には、トントン小屋にさえ住めない人々が数多くいた。日本棋院大分県支部の床下に住み着いた人々である。三、四十人ほどいたのである。

海門寺の闇屋から何らかの〝みかじめ〟料を取っていた、別府露天商協同組合長の桑原武は、これらの人々のために、三十万円かけて三十坪の授産場を作るという計画をぶちあげたが、夢のまた夢であった。この構想のために、彼は多額の寄付を得た。しかし、その金の行方は分からなくなった。桑原武は、戦前から別府の闇世界を支配していた井田与次郎と井田栄作の兄弟が作りあげた井田組の幹部だった。こうした中で、海門寺マーケットに巣喰った山口組系の小西組と井田組の抗争事件が発生するのである。

敗戦直後に話を戻そう。別府市内に数々のデマが流れた。敗戦となったのに空襲警報が出されたり、燈火管制が解けない日々が続いた。「特攻隊が出撃するそうだ」「敵機が来たらそのあと艦砲射撃するそうだ」「いよいよ本土決戦だ」……このようなデマが、さも事実であるかの如く礫《つぶて》のように飛んだ。

これらのデマの中で最も恐れられたのは、アメリカ軍兵士が別府の娘をことごとく強姦するというものであった。警察も市当局も半ばこのデマを信じて対策を練り始めた。別府市民の中には、郊外の堀田や内山渓谷に仮小屋を建て、自分の妻や娘を避難させる動きを見せる者もいた。また、かなりの数の婦女子が田舎へと知り合いを頼って逃げていった。大分県と県警は各市町村に対し、婦女子対策をとるよう行動要綱を作成した。「慎め、淫らな服装」というものである。

「……特に婦女子は、日本婦人としての自覚を持って、濫《みだ》りに外国軍人に隙を見せてはならない。婦女子は、淫らな服装をせぬこと。また、人前では胸を露わにしたりすることは絶対禁物である。外国軍人が例えば『ハロー』とか『ヘイ』とか片言まじりの日本語で呼び掛けても婦女子は決して相手にならず、これを避けること。特に、外国軍隊の駐屯地付近に住む婦女子は、夜間は勿論、昼間でも人通りの少ない場所を独り歩きしてはならない」

アメリカもアメリカなりに、兵士たちの性の問題を重要視していた。終戦直後のある日、別府に部隊を派遣するに先立ち、ワイズ衛生大尉が別府を訪れ、別府市に娼婦の検診を要請した。ワイズの要請を受けた市当局は、開業医院、小倉陸軍病院（現国立病院機構小倉医療センター）等で検診を行うことにした。

昭和二十年八月二十九日、敗戦から二週間経った日、別府警察署長は市内の貸席主たちを全員呼びつけて命令書を手渡した。

「直ちに、貸席を再開せよ。女郎たちを大増強すべし。しかして、アメリカ兵に対する婦女子の性の防波堤とすべし」

この席で警察署長は、二つの貸席群に別府市を分けることを発表した。浜脇を中心とする南部貸席街と、海門寺を中心とする北部貸席街とに二分する。浜脇貸席街は、黒人兵専門とすること、北部貸席街は白人兵専門とすることが一方的に通達された。

席主たちは玉探しを始めた。貸席の部屋のほとんどは、海軍の傷病兵たちに占領されていた。女郎たちの大半は疎開したり、帰郷していた。

敗戦から半月後の九月一日、東京・浅草の待合で売春業者五十七名の会合があった。警視庁、勧業銀行の面々、そして占領軍からP中佐が出席した。この席で業者たちは、一般米兵士（これからはGIと呼ぶ）に公娼全部を提供する。士官以上に対しては、とくに美しい女性をあてがうことにすると決定した。この方針にそって、勧業銀行を中心とした銀行団は、特別の融資を行うことも決定した。国家警察は、全日本の売春組織強化に全面的な協力体制を敷くことも決定した。この決定は、全国の都道府県に流された。

別府市と別府警察署は、大分県と大分警察署とともに協議に入った。かくて貸席業者は大繁盛することになる。

なかでも、戦後いち早く活動を開始したのは、貸席錦水園であった。錦水園は海門寺の海寄りの地にあり別府一の高級貸席であった。昭和二十年九月二十三日、錦水園は大分合同新聞に広告を出した。

求人・高級旅館
上女中　二十人
下女中　五人
午前十一時より午後三時まで本人来談
別府市的ヶ浜　錦水園

戦争中、一時営業停止されていた貸席は戦後いち早く復活した。そのための女の募集だった。さらに十月三日、四日、五日と三日間にわたり、大分合同新聞に奇妙な広告が出た。

鹿児島進駐軍サービスガール募集
サービスガール五十名（年令十八歳から三十歳）
仲居（三十歳から四十五歳位まで）
本人面談　十時〜十八時　錦水園にて
鹿屋市

アメリカ軍が九州で最初に上陸したのが鹿屋市であった。鹿屋市は、パンパンの準備が間に合わず、急遽九州一円から募集することにしたのだ。その中継地が、大分県では貸席錦水園であったというわけである。

十月十二日、第五海兵師団進駐先遣隊のコーレル大尉以下十七名が別府駅に降りたち、八坂別荘と鶴田ホテルを接収した。

十月二十日、大分合同新聞に別府市北浜、別府勤労署の求人広告が出た。

至急求人
高級旅館
上女中　二十人

下女中　四人（二十歳〜三十歳まで）

大分県は、アメリカ軍進駐に備えて、大分県外務課をつくった。米軍との交渉、通訳、翻訳を主とする業務のためである。もうひとつは、大分勤労署と別府勤労署の設立である。この勤労署は、アメリカ兵の性の処理のための日本人女性確保を主目的とした。後に、別府に基地チカマウガが建設されると、土木従業員を募集する窓口業務も担当するようになった。簡単に説明しよう。アメリカ軍の要請に応じて従軍慰安婦、即ちパンパンを提供する県の出先機関であった。

大分市に少しずつアメリカ兵士が進駐してきていた。その兵士たちが別府の貸席に姿を見せ始めたのは、昭和二十年十月の中旬頃からである。十月二十二日、別府駐在の高官は、別府勤労署の役人を呼びつけて「別府市内にある特殊料理店（貸席のこと）の花代がまちまちであるので、安心して兵士が遊べるよう値段を統一しろ」と言いつけた。それからその高官は、「兵士たちがダンスホールでダンスをしたいと言うから、ダンスホールをつくり、ダンサーを募集せよ」と一方的に言いつけた。

十月二十五日の大分合同新聞に、別府勤労署はダンサーの募集広告を出した。それは立花ダンスホールの設立となった。経営者矢野龍生の身元や履歴は不明。だがこの男を別府勤労署は採用し、経営者とした。

経験ダンサー　一〇〇名
養成ダンサー　一〇〇名
芸妓　　　　　五〇名
　　　　別府勤労署

何も知らない娘たちが、大分県庁の役人に騙されたとも知らずに応募した。役人たちは、七十名の女性をダンサーにさせることに成功した。女性たち七十名は、飢えた狼の前に連れていかれた。その後、ペニシリン注射を予防として打たれた。大分県は娘を騙し、パンパン・ガールを乱造する切っ掛けをつくったのである。彼女たちは〝あきらめの美徳〟を受け入れたのである。彼女たちこそが大分県初のペニシリン注射の経験者でもある。

昭和二十一年五月、別府市野口原に米軍キャンプを設営することになった。占領軍高官はその理由として、「空気が清新、排水良好、陽当たりがよい」を挙げた。

太平洋戦争開戦当初から、日本占領計画は着々と進められていた。別府に爆弾ひとつ落とさないことは決定済みであった。兵士たちに性の喜びを与えるための性処理の基地・別府である。かくて別府の基地に駐屯する兵士のみならず、海の門に大型軍艦が寄りつき、大量の兵士たちの群れがパンパンたちと狂乱の宴を開くことになるのだ。

　七月、兵舎建設の起工式があった。清水組、大和土建、後藤組、梅林組、星野組、東亜土建の県内外六業者が元請となった。ついに一帯の松林が、ブルドーザーでなぎ倒された。八月からは、工事は二十四時間の三交替制となった。日に延べ二万人が、突貫工事現場で働いた。

　別府勤労署の役人たちは、パンパン養成に精を出す一方で、工事労務者の募集に多忙を極めた。土建貴族は料亭で大騒ぎをし、静かであった山の手地区でも労務者たちの酒盛りが続いた。海門寺界隈は、朝鮮部落から水枕に入れて持ちこまれたドブロク、カストリ等で、大賑わいの毎日となった。下駄ばき、モンペ姿の女たちが、駅前通りだけでも数百人。彼女たちは彼ら労務者たちと薄暗い場所でセックスをした。

　人間は、生きるためには何でもする。理屈を言うべき、論ずべきものは役に立たず。彼女たちも今日生きるため、明日死なないためにモンペ姿、下駄ばきで駅前や海門寺公園にやって来たのである。

土建屋たちのトラックの前面には「占領軍用」の札が揚げられていた。運転手と荷台に乗った労務者たちは、海門寺のドブロク酒場でドンチャン騒ぎをし、夜の別府の町を去っていった。沢山の事故が別府勤労署に報告された。しかし、全ては大目に見られた。かくてこの年の十二月十五日、別府基地チカマウガが完成した。チカマウガとは、南北戦争のときの戦場名で、岩の多かったところである。かくて、高知から第二十四師団歩兵十九連隊がやって来た。

ついにパンパンの時代が来た。パンパンは時代の花形なのだ。それを証明する文章がある。国家がパンパンを認めたものである。

昭和二十年十月二十二日、大分合同新聞にも、東京の新聞同様に「ＲＡＡ」なる特殊慰安施設協会からの広告が出た。ＲＡＡ（Recreation《レクリエーション》 and《アンド》 Amusement《アミューズメント》 Association《アソシエーション》 直訳すれば、余暇・娯楽協会といったところか）は、国家と既成売春組織が協同してつくり上げた新しい国家売春機構であった。

東洋一のキャバレー　近日デビュー
Ｒ・Ａ・Ａ・キャバレー、オアシス・ギンザ
高尚優美ダンスヲ通シテ国民外交ニ寄与セントスル新女性!!

曙ノ舞踏ニ参加セヨ
自由、自主、強制ノ心配ナシ
経験ヲ問ハズ
急募、高給、衣・食・住給与ス
銀座七丁目　特殊慰安施設協会（R・A・A）

警視庁の役人はRAAに集まった慰安婦らを「特別挺身隊員」と呼んだ。かくて政府公認の慰安所が誕生した。慰安所にやって来るアメリカ兵たちは、RAAの業者たちに日本の紙幣を払った。この金はどこから来たのか。いわゆる終戦処理費なるものが日本から占領軍に払われた。この終戦処理費は、日本政府と占領軍の間で極秘事項とされた。日本の国民の税金をアメリカ兵に払い、パンパンをただで提供したのである。これが戦争に負けた国家の宿命であると言えばそれまでだが。

アメリカ兵たちは、その間の事情を知っていたものと思われる。彼らは、異口同音に「日本娘は簡単に強姦できる」と言っていた。パンパンも元は生娘。生娘もやがてアメリカ兵に大量に強姦されていく。国家売春は、東京だけの話ではない。この美しき別府においてもなされたのだ。

かくして、高級貸席錦水園は占領軍宿舎となり、杉の井旅館（後の杉乃井ホテル）は、米軍進駐軍指定旅館となった。昭和二十一年十二月十五日のチカマウガ完成を前にして、米軍高級将校たちが最初に計画したのは、自分たちの情婦を確保することであった。

生活苦の若き娘たちが、県内外から事の詳細を知らされぬままに錦水園と杉の井にやって来ては、高級将校用の宿舎のメイドに採用された。将校宿舎として米軍が接収したホテルは八坂別荘、鶴田旅館、清風荘、杉の井の四旅館であった。錦水園と杉の井で応募してきた娘たちの選定が行われた。美人で教養ある娘は、将校宿舎に採用された。その次のクラスの女性たちは、雅泉荘、白雲山荘、観海荘、別府ホテル、住吉旅館に入れられた。また錦水園は下士官以上のものが高級女郎と一夜を過ごす場所となった。将校用に出来たダンスホールでは、ほとんど例外なく、ダンサーたちはパンパン・ダンサーとなっていった。その中のある女性が、経営者の西田熊太郎の二号となり、ツルミ・ダンスホールの経営を委された。後に「ホテル白菊」を造り上げていくのである。

ここで錦水園について触れておこう。

錦水園は、戦後没落した旧家の芸術品を買い漁った。一つひとつの部屋は贅を尽くした

進駐軍クラブでダンスを踊るＧＩと日本人女性
（昭和23年12月撮影、毎日新聞社提供）

調度品で飾られていた。客が入ると「商い中」の木札が入口に掲げられた。それ以外の部屋は、一般の人々に料金を取って見せた。この錦水園を経営していたのは横山キク。彼女は終戦前まで、北京の「一楽」なる貸席を博多の貸席主から委されていた。終戦後、横山キクは別府にやらされ、錦水園の席主となった。代理オーナーというところである。貸席錦水園は、終戦からの八年間で一億円以上の財を築き、その財の一部で杉の井を買収（昭和二十六年）する。東洋一のホテルは、貸席の女たちが築き上げたものである。

北部貸席街で錦水園に次ぐ貸席は「新猫」である。この経営者は、市会議員の阿部新。貸席で儲けた金四百万円で一流旅館の「湊屋」を買った。また阿部は、石井一郎を可愛がった。阿部は、石井一郎の影のスポンサーの役割をするようになる。石井は上等の女を阿部から提供され続け、別府を暴力的に支配するコンビとなることを納得するのである。

では、錦水園の内部を紹介することにしよう。

玄関を入ると、多門天や吉祥天の大立像。飴塗り鋲打ちの黒田家伝来のお召駕籠や、はさみの箱、香水手桶、黒糸おどしの大鎧。そして狩野永徳筆の金襖。玄関脇に目を移せば、両側に王尊像が目をむいている。さて、二つだけ部屋を見ることにしよう。

「鏡の間」、天井、四辺の壁は全部鏡。そしてダブルベッドには真紅のドンスの羽蒲団にパンヤの枕。電燈は薄桃色である。さて、この部屋から庭を一望すれば、右側の壁に横山大観の絵が掛かり、その上壁には村正の槍。

「若竹の間」、金糸まばゆい御殿衣装。立て廻す屏風は、大名諸侯の部屋かと紛う。茶室には福田平八郎、川合玉堂の絵が掛かっている。通路の石畳、天井の木組、筧《かけい》を引いた心持の手洗鉢……。

これらの部屋は絵葉書と茶代百円で見学できた。しかし、一夜の泊まり賃は一切合切で二千円。終戦当時は、将校専門貸席であったので、一般の日本人は入れなかった。従って占領軍宿舎の指定が解かれた後の錦水園での姿である。

さて、昭和二十一年七月十六日と八月十五日の大分合同新聞に錦水園の広告が出た。

急募
上女中　十五名
高女卒以上、教養のある者
年令　二十歳～三十歳
ご希望の方は履歴書持参、本人面談
占領軍宿舎　錦水園
電　七五八

錦水園は将校たちの要望に応えるために、高卒以上の教養ある女を求め続けるのである。次から次へと錦水園は広告を出す。将校たちは、ＧＩたちを貸席街に放り込むか、ダンスホールを大量に造らせ（全盛時約五十軒）、パンパン・ダンサーを彼らに提供した。しかし、将校たちは上等の女を狙っていた。降りしきる細雪の悲しさを知る人はいなかった。

クレージー・マリーと東京ベティ ◉ 第二章

昭和二十一年（一九四六年）三月一日、日本政府は別府港を大陸引揚者上陸港に指定した。三月中旬より、大陸からの引揚者が毎日五千人、別府にやって来るという一方的な通告であった。その詳細を細田徳寿大分県知事が三月二日に発表した。知事は、厚生省別府引揚者援護局長を兼任することにもなった。

「政府の方でも別府のもつ性格から判断し、補助も一人十円に引き上げた。この際、別府の市民も大分の県民も高い道徳心に訴え、同胞愛で温かく迎えてもらいたい……」

かくて連日、大陸からの引揚者たちが別府にやって来た。食糧も家も職もない人々の群れが別府の街に溢れだした。彼らの大部分は、別府からそれぞれの故郷へと散っていったが、かなりの数の人々が残った。戦争末期、別府市の人口は六万人。それが一年足らずで倍の十二万人、しかも浮浪者や戸籍をもたぬ人々を入れると実に三倍近くに膨れ上がったのである。そうした人々は上人ヶ浜海岸の松林の中、朝見川河口、境川中流地域などに粗末なバラック小屋を建てて住むようになった。その数ははっきりしないが、万単位ではなかったかと推量される。朝見川や境川の橋の下にさえ彼らは住んでいた。海門寺公園に住み着いた人々については既に触れた。中には、東京帝大法学部出の元大学教授や、元検事らが朝鮮から引き揚げ、一時的に海門寺のトントン小屋に住んでいた。

もうひとつ忘れてならないケースがある。既に述べた中国人や朝鮮人である。彼らは「解放国民」と自らを呼び、別府に数多く流れ込んできた。彼らの合い言葉は〝ヘバン〟だった。〝ヘバン〟は、朝鮮語で〝解放〟を意味した。この数も万単位ではないかと思う。彼らは一時的に治外法権を獲得した。だが彼らには住居も仕事もなかった。豚を飼ったり、密造酒を作ったり、古着を売る商売をしたりして生きていた。山田区（現朝見一丁目）に住み着いた数百人の人々は豚を飼い、密造酒の製造に命をかけた。取り締まる警官隊が幾度も彼らの部落を急襲したが、決して諦めなかった。違法を承知の上で密造酒、いわゆるカストリ焼酎とドブロクの製造を続けたのである。それ以外に彼らは、生きる術を知らなかったからだ。

関西から流れ着いた小西組。大陸から引き揚げてきた一部の無職の集団。言葉としてはどうかと思うが、当時の警察さえ使っていた「アウトロー」という集団。それに、一部の

「解放国民」の群れ、彼らが既成の暴力と混じりあった。かくて異様な組織暴力地図が別府に生まれてきたのである。流れ者の博徒たち、テキヤ集団、特攻くずれ等の引き揚げ軍人のアウトロー集団、そして右翼、さらには共産党も一部過激化していた。

別府の人々は戦争が終わってしばらく経ってから、自分たちの町に焼夷弾が一発も落ちなかった理由を知るようになった。別府の町は、上級将校《ゼネラル》から兵士たちへの最高の贈物であった。昭和二十一年十二月に、別府基地チカマウガが完成すると、別府の町にパンパンたちが溢れだした。殆どの人々の生活はどん底であった。別府駅前のバラック小屋では雑炊が売られていた。タンポポやサツマイモの葉と茎、得体の知れない具の中にほんの少しの米粒が浮き沈みしていた。一日の米の配給は二合一勺、だがそれさえも滞りがちだった。人々は腹を空かし、メリケン粉を固めたどろどろのすいとんを求めて駅前に集まった。闇屋は、塩だけで味付けし、トウモロコシの黄色い粉の中に米粒が浮いているのをすいとんと称して売っていた。駅前通りの弥生町の角に「赤玉」という食堂が昭和二十一年から二十二年にかけて開かれていた。この店の雑炊には豚肉とカボチャが入っていた。それでも外食券がないと、この雑炊さえ食えなかった。この店も闇でこれらの材料を仕入れていた。

さて、このような駅前風景の中に、夜の女たちが立って男を誘惑し、それらの雑炊一杯と明日の飯を得ようと頑張っていたのであった。

震えている。

「ねえ、兄さん、兄さんよぅ」甘ったるい声がする。振り向く男の目を見つめた女の声が

「私ねえ、ここで随分立ってるんだ。お客さんが最近めっきり減ったんだ。今夜はまだ一人のお客も取れてないんだよ。ねえ兄さんよぅ、安くするから泊まって行きなよ」

鼻にかかった声が安物の香水の香りと一緒になって迫ってくる。年齢は分からない。三十前後かもしれない。体をくねらせて無理につくった笑顔がむしろ痛々しい。駅前から五十メートルほど下る道筋だけでも、このような女たちが五十人を超えている。一生笑ったことのないような顔が暗闇の中に見え隠れする。女たちは木の股のように歩いて男の手を引く。

昭和二十二年一月初旬のある日、午後九時三十六分別府着の下り日豊線の最終列車から客がぞろぞろと降りてくる。夜の女たちが駅前に集まり、これはと思う男に声を掛ける。その中で、二十歳前後であろうか、一人の若い娘が中年の男に声を掛けた。

「ねえ、ねえ、私と遊びなよ。ねえ、ねえ、私と遊びなよ」

その声に惹かれるところがあったのか、中年男は黙って娘の方へと近づき後をついて行く。娘は東京から来たのだと男に語りかける。両親が空襲で死に、叔母の家にいたが嫌になったので飛び出したのだと、黙りこくった男に語りかけ続ける。いつも筋書きの決まっ

かつての別府駅（『二豊今昔』より）

た話のようだ。

「去年の十一月に別府に流れ着いてきたんだよ。流しやってんだけど一日の稼ぎはほんの僅かだよ。客は十五くらいの少年から二十二、三の青年が多いのさ」と娘は言うが、どうも偽りらしい。男はひたすら聞いている。女が歩く方向に黙ってついて行く。小さな路地を二つ抜けてやっと目的の宿に着く。

「私は十八だよ」と言うが、下手な化粧をしているせいか、年は四つか五つ老けて見える。彼女の顔には、この商売に対する後ろめたさの念が全く見られない。暗い路地を入りきると小さな旅館の玄関で立ち止まり、「帰りましたぁ」と娘は少々声高に叫ぶ。眠そうな顔をした旅館の女将が黙って二人を二階に案内した。

四帖半の狭い部屋には小さな丸火鉢があり、炭が少しだけ燃えている。安っぽい山水の掛軸が掛かっている。花の活けてない花瓶がある。女将は布団を敷き終えると階下へと降りて行った。黄色く変色した畳の上の大きな牡丹の模様の布団はジメジメした感じだ。娘は無造作に言った。

「お客さん、泊まりは七百円だよ。時間貸しなら二百円だよ」

男は百円札二枚を娘に渡すと、無表情のまま服を脱ぎ始めた。電灯の笠の中には紅い五燭の豆電球がどんよりと点って、四帖半の畳を照らしていた。

翌日、娘はいつものように別府駅前に立っていた。時折姿を見せ始めたアメリカ兵に声を掛けてみようとするのだが、声が出なかった。自分の隣に立っているパンパンが、アメリカ兵たちに「カモン、カモン、ベリー・チープ、ベリー・チープ」と声を掛けるのに注目し続けた。彼女はそっと、そのパンパンに尋ねてみた。

「それ、どういう意味なんですか？」

パンパンは笑って答えてくれた。

「あんた日本人専門かい？　どうせやるならアメ公専門にしな。別府はね、これからドンドンとアメ公たちがやって来るんだ。すごい基地になるんだ。だから私はここに流れて来たんだよ。

そうか、あのね、カモンは、おいでおいでだ。ベリー・チープは特別安くしとくよってことさ。うまくいけばオーケーが返ってくる。それだけでいいんだ。そうそう、ハウ・マッチを覚えとかないとね。そこでまた、ベリー・チープだ。五本の指を広げると五百円さ。ベリー・ハイと相手が言ったら、四本の指で四百円、ベリー・チープさ。それだけだ。まあ、やってみるうちに要領はわかる。

それであんた青姦かい？　そうかい、ちゃんと部屋があるんかい？　私をそこに連れて行きな。私もそこでしたいんだ。なあに、女将さんをまんまと承知させてしまうさ。部屋が二階に二つあるとは好都合だ。私とあんたでハウスをつくろうじゃないか」

パンパンは喋り続けた。長い髪を焼コテで大きくカールさせ、その髪はオキシフルで色を抜いて赤くしていた。娘は彼女を見て、この人は今まで見てきた夜の女たちと違い、知性的な人だと思った。背は高く、透き通って青みがかった眼はやさしく微笑んでいた。そのスラリとしたスタイルに娘はすっかり参ってしまった。また、白と青の大胆なストライプのロングスカートも彼女を魅了した。

「私もパンパンになる。アメリカ兵を相手にして、日本人とはもう二度としない」

そのパンパンは笑って娘の言葉を受け止めた。そしてまた、優しく語りだすのであった。

「そうかい。東京から流れて来たのかい。私は風に乗って来たんだよ。故郷はないんだ。人は私のことをマリーと呼ぶよ。

私はね、時々狂うことがあるのさ。だからクレージー・マリーというんだよ。またの名はね、ゴマ塩のマリーだよ。白人でも黒人でもなんでもやってしまうんで、こんな名が付いたんだ。

そうだ、あんたにいい名をつけてやろう。東京ベティと名乗りな。堂々とだよ。名前をアメ公に憶えてもらうことが大事なんだよ」

こうしてまた一人、パンパンが誕生した。この物語に登場するパンパンは洋娼、すなわ

別府駅前通り（『二豊今昔』より）。大分市と結ぶ市電が走っていた。

ちアメリカ兵（中にはイギリス兵、オーストラリア兵もいた）とのみセックスする女たちを指す。日本人を相手にする街娼もパンパンと呼んでいたが、一応ここでは区別する。従って、この物語は、アメリカ兵を相手にしたパンパンと言われた女たちの物語である。

チャンポンとかミックスとかいう言葉が別府の町で流行《はや》った。これらの言葉は、アメリカ兵とも日本人ともバタフライする女たちをいった。

「ヘイ・カモン」とマリーがＧＩに声を掛けた。東京ベティを指すと、ラムネの瓶みたいな眼の色をした若いＧＩが傍にやって来た。マリーはそのＧＩの背中をポーンと叩き、東京ベティの手を握らせた。

「オケ、オケよ」と言うと、ＧＩは東京ベティの体を赤い毛の生えた太い腕で抱きしめた。カストリ横丁の暗闇の中の電柱にベティを押さえつけ、指を巧みに使って愛撫し始めた。ベティは、ＧＩのワキガが臭いと思った。それからＧＩは口をベティに押しつけた。ベティは、今までとは違う何かヘドロのような強力な圧力を感じた。スカートが捲られ、パンツが引き降ろされた。激しい痛みが下腹部に走った。

「痛い！」とベティは大声を出した。ＧＩの一物は日本人のモノとは違い、巨大であった。

焼け火箸を押し込まれたような衝撃であった。こうしてベティは本当の意味でパンパンになった。事が終わるとＧＩは、ベティに五百円を渡した。「サヨナラね」と彼は笑って去って行った。

「ベティ、お前もとうとうパンパンになったね。奴らの一物は大きいけど、お前なら壊れることはないだろう。ただ、酒を飲みすぎて妙な体位ではしないことだね。気をつけな」

とマリーはベティに言った。

ある日、東京ベティは日本人のみを相手にする街娼から声を掛けられた。

「どうして、パンパンになったんだい」

「日本人の男なんか、もうどうでもいいのよ。長い間、あんな男たちの言いなりになって、何ひとついいことはなかったよ。奴らは貧相だし、金も持ってない。私をここまで落とした日本の男を見返してやるのさ」とベティは答えた。

東京ベティは、アメリカ兵を魅力ある人間たちだと思った。ＧＩと腕を組んで歩くと、たとえ一夜の情夫と分かっていても、優越感を感じた。彼女はマリーと組んだお陰で、新調の外套を着られた。背が低いのでハイヒールを履いた。スカートは、落下傘のような広がりのあるものにした。唇には赤いルージュ、水玉模様のシルクのスカーフ、そして煙草はラッキーストライク。もう、誰が見ても一端のパンパンになっていた。

しかし、彼女の歓喜の歌はあまりにも短く、その歌は彼女の記憶の底に沈められていくことになる。遠くに去り行くひとつの影のように。

マリーは東京ベティを洗脳しようと試みた。勇気と自信をベティの内なる心に植えつけようとしたのである。

「東京ベティよ、お前さんはな、正直言って、背が低く、それに眼も細く鼻も低い。だけど心配することはないよ。白人兵は、お前のようなモンゴル型の女を好むんだ。だから堂々と自信を持って白人兵を狙うんだ。そして、いばりくさった奴らの自尊心を逆に利用するんだ。そのためには少々、英語を勉強しないといけないよ。

逆に、黒人兵は、背が高くて色白の鼻の高いパッチリ眼の女を好むんだよ。私の名はクレージー・マリー、またの名をゴマ塩のマリーというのは、黒人兵好みの女という意味が含まれているんだ。どっちにしても、あんたと私はいいコンビになれるよ」

東京ベティがパンパンとして別府の町に登場したその夜、別府駅の待合室では、朝鮮人の男が筵《むしろ》一枚十円、毛布一枚二十円、こたつ十円で貸し出していた。待合室は簡易宿泊所と化していた。大学生らしい青年と、若い娘が毛布をかぶり何やら怪しい行為におよんでいる。その待合室の片隅で、強制疎開で倒された旅館神乃井などの家屋の木片で焚き火が燃え上がっている。寒さに堪えきれずその火にあたろうとする者に、例の朝鮮人が「十銭だよ」と手を差し出す。

冬の風はとにかく冷たい。この時間でも待合室にたむろする浮浪児たちは、タバコの吸い殻を拾ってまわる。ボロを身にまとい、ベンチにゴロ寝して一夜を過ごすのだ。彼ら浮浪児の中でも、野口の共同墓地に巣を構えているグループは、チンピラ・スリ団を形成し、市内の繁華街を荒らし廻っていた。彼らはまた別の仕事を持っていた。彼らとグルになっている三十そこらの女が、男がマッチを擦っている一瞬だけ陰部を見せるというショーを演じていた。一本のマッチが灯っている間、十円から二十円を女は要求し、スカートを捲るのであった。

戦後いちばん最初に栄えたのは、裏銀座通りであった。ここに最初に闇市ができ、その余波が松原公園と海門寺公園に及んだ。終戦直前、銀座通りも駅前と同じように強制疎開が強行された。海寄りの通りが破壊され、そして戦後、無許可でバラックが建った。その土地の所有者である地主を全く無視したものであった。

裏銀座の闇市に行けば何でも手に入る、というのが、当時の別府の通説であった。一坪、二坪、三坪と小さな間口のバラック小屋で、人々は闇商売を始めたのである。昭和二十一年の暮れまでは手巻き煙草が公然と売られた。人々はこれを、私設専売局といっていたが、警察の手入れが重なり次第に消えていった。

アセチレンガスの照明が異様な臭いを闇市に漂わせていた。そんな中で女たち（売春するには年をとりすぎた女たち）は、俗に「立売り部隊」と言われていたが、白米のオニギリ、イモダンゴ、タバコ、鮮魚などを立売りしていたのであった。その八割は、一般の主婦であった。連日二、三十人の女が警官隊により逮捕され、大分地方検察庁に送られ、強制処分の請求により、判事の尋問を受けた。大部分は刑務所に入れられ、罰金刑が確定するまで刑務所生活を味わった。だが帰還するとまた彼女たちは立売り部隊に舞い戻った。しかし、彼女たちに闇物資を提供する小ブローカーたちは決して逮捕されることはなかった。

裏銀座の闇の女たちは、立売り部隊が散じてからが本当の商売の始まりであった。彼女たちは一間間口のバラック食堂に屯《たむろ》して、新しくできた労働基準法を忘れさせるほどの時間外労働に精を出すのであった。「よいカモはおらんかねえ……」と、横丁のそこかしこに仮設された色っぽい関所に丹前姿の客や土方が引っかかる。誘蛾燈に群がる虫のように。あっという間に金が雲散していく。冬の夜風にさらされながら酒と女の世界に溺れる男たちが溢れるのだ。壊れた街灯の下で、金を殆ど失った男がポケットをひっくり返しては蒼白の顔をより蒼白にしている。

やがて不夜城の銀座裏の露店にも閉店の時がやって来る。すると浮浪児たちが缶詰の空缶で作った携帯の食器を持って残飯漁りを始めるのである。たまには、客が残したカストり焼酎が手に入る。この焼酎の酔いが彼ら浮浪児たちの寒さを多少は救うのである。

「闇の女たちよ、お前たちは何処に隠れていたのか。軍国の母よ、貞節な妻よ、純潔な娘たちよ、お前たちはどうしてそんなに早く変貌したのか。なに！　天皇だって変貌したとぬかすのか！　なんという真実を語る女たちだ」

詩人金子光晴は戦後すぐに『人間の悲劇』を世に出した。その中で長詩〝ぱんぱんの歌〟を書いている。その一節を引用しよう。

ぱんぱんはそばの誰彼を
食ってしまひそうな欠伸《あくび》をする
この欠伸ほどふかい穴を
日本では、みたことがない

パンパンが別府に姿を現したのは、アメリカ兵が別府の町に現れたからだ。アメリカ兵の落とした金をパンパンは欠伸をしながら口にくわえたのだ。かくて別府の町は様変わりしたのである。金子光晴は書く。

君たちこそ、僕が待ち受けていた驚異であり、歓喜であり、ただ一つだけ喝采を送るに値したこの時代の花形なのだ。

そうか、時代の花形なのか。そうならば、この時代の花形だったパンパンのことを知ることは意味のないことでもない。なんてったってアイドル！　それは歓喜であり、ただ一つだけの喝采を送るに値したのか！

昭和二十一年五月二十八日、別府署は全署員を動員して夜の女、即ちパンパンの取締まりを行った。占領軍の取締官ＭＰとの共同作戦であった。パンパン約七十人が捕えられ、監房に入れられた。この日は、アメリカ兵たちの給料日であった。別府の基地は建設中で、別府にはアメリカ兵はまだいない。彼らは大分からパンパン目当てに別府の町に遊びに来たのだった。しかし、その夜はどこを捜してもパンパンの姿は見当たらなかった。そして、彼女たちが別府署の監房の中に入れられていると知って、兵士たちは完全に逆上した。「女たちを返せ」と口々に叫ぶと、約二十人の兵士たちが突然別府署内に乱入した。宿直警官たち四、五名は、彼らが何を叫んでいるのか、その意味を理解できなかった。と、彼らは玄関のカウンターを乗り越え、扉を足で蹴り破り、内部深くに侵入してきた。やがて警務係長の安藤房生は、彼らが女たちを取り戻しに来たことを理解した。すぐに留置場に走った。

「鉄の扉を締めろ、全員ピストルを持て」

安藤はピストルを全員に渡すと、

「米兵が襲ってきたら、ピストルで威嚇しろ」と宿直警官たちに叫んだ。

急報を受けて同署前にあったMP詰所からMP数名が駆け付けてきた。MPとは、占領軍の警察官のことである。安藤は兵士たちの行動が鎮まるのを待って、女たちを解放した。MPの意向であった。当時の別府警察署は永石通りが国道十号線と交差するところにあった。昭和四年に工費一万円をもって東京警視庁をモデルに建築された現代的庁舎であった。

女たちは解放された喜びを待ち受けた兵士たちにぶっつけた。兵士たちは手に持った給与袋から百円札を出すと惜しみなく女たちに与えた。かくて夜の海岸で表現のしようもない性の狂乱が始まったのである。

胸を露わにしたブラウスをさらにひろげて「プリーズ」と年増女が叫んだ。肌も露わな女たちが大声で「カモン」と共鳴する。十四、五の少女がGIの首に手をまわし嬌声を上げた。勝ち誇った男たちが缶ビールを飲みながら、女たちの口の中にも流し込んだ。そこにあるのは、飽くなき貪婪《どんらん》の情熱。望みなき毒草の炎。

街娼的パンパンの群れは主として福岡からやって来た。彼女たちは、海岸の人の気配のないところに立っていた。やがて北浜海岸、流川通り、別府駅前、そして海門寺公園界隈に出没するようになった。特に流川通りはパンパン通りと呼ばれた。楠通りから少し上がったところはパンパン市場と名がついた。数十人のパンパンが常時GIたちを漁っていたからである。


ついに昭和二十一年十二月十五日、別府野口原キャンプ・チカマウガが完成した。当初は、大分から兵士たちが移動してきた。そして第十九連隊が高知からやって来た。その数約六千人。このGIたちに〝海の門〟からの兵士たち、すなわち海兵隊が加わった。

戦勝国アメリカの兵士たちは、敗戦国日本の復讐を恐れていた。しかし、金子光晴が「驚異であり、歓喜であり、ただ一つの喝采を送るに値する」と賞讃したパンパンたちは、兵士たちの恐怖心を払拭してしまった。日本の女たちは、アメリカ人に復讐劇を演じようとするような心を全く持っていなかったのである。憎悪は先へと進まない。何もかも忘れようと思ったパンパンたちは、忘れつくしたことでさえ忘れてしまったのだから。

旧別府警察署(昭和12年撮影、『二豊今昔』より)。旧警察庁に似た鉄筋3階建ての近代的な建築であった。

当初、兵士たちはびくびくしながら北浜の海岸で、北小学校の弓掛の松（この松のところに北小学校ができた）にくっついて、そして奉安殿の中でセックスをした。やがては、海門寺の山門の中で、海門寺公園内の地下壕の中で……。かくて彼らはパンパンの優しさゆえに日本で生活することへの恐怖心を失っていった。ついに、パンパンと密室で享楽の時を過ごす喜びを知るようになった。パンパンこそは、アメリカと日本を結ぶ肉体の、そして心の架け橋そのものとなったのである。かくして雨後の筍のように、パンパン・ハウスは海門寺公園一帯から別府市中の隅々まで広がっていったのである。

パンパンは狭い部屋の三帖ないし四帖半を借りた。襖ひとつ離れた別の部屋には彼女らの父や母、妹弟たちが息を殺して生きていた。そして夕闇の淡い色に身を沈めつつ、ＧＩとパンパンの獣のような叫び声を聞くのであった。

黒人兵たちは、戦場においてはいつも最前線に立たされた。しかも、戦争が終わると白人兵との差別が明確となった。別府では、浜脇の貸席街に行けと命じられた。朝見川を隔てたところでのみ性の処理をしろ！　というわけであった。黒人兵たちは赤黒い舌をペロペロさせながら浜脇の女郎たちに迫った。

日本人の一物しか見たことのない女郎たちは、真っ黒くて、太くて硬い棒をみて腰を抜かした。

「いやだ、いやだ！　どんなにお金をつまれても……」

泣き叫ぶ女郎たちの悲鳴が貸席街に溢れた。

黒人兵たちは怒り、天井を目掛けてピストルをぶち込んだ。その度にMPたちがジープで駆けつけた。黒人兵の中にはグループで浜脇の街中を大声を発しつつピストルを撃ちまくる連中も現れた。浜脇の夜は、黒石のように真黒となった。浜脇は、別府で最初に繁栄した享楽の町であった。敗戦時、四十五軒を数えた遊郭がその繁栄を支えていた。しかし、別府の中心街が浜脇から松原、そして流川通りと移っていくにつれ、寂れてしまった。

花は散り、残香が漂う町になりつつあったとき、突然の黒人兵たちの登場となった。この露地の町の美しさは、朝咲いて夕べにしぼむ露草に似ていた。黒い板壁と格子窓、そして昼でさえ日が射さない静けさこそがこの浜脇のよさであった。

黒人兵たちも浜脇だけでは物足りなくなった。彼らも流川通りのパンパン市場に顔を出した。人間は誠に不思議な生きものである。パンパンたちの中に、黒人兵に興味を持つものが登場してきたのだ。パンパンは、偏見を最初から持っていなかった。クレージー・マリーのように、白でも黒でもゴマ塩にすれば同じだと割り切るパンパンが登場してきた。黒人兵は別府の町が大好きになった。

パンパンの一人がいみじくも申された。

「私は、白より黒の方が好きさ、大好きさ。だって、あの硬さも大好きさ。長続きするから大好きさ。それに白より優しいから大好きさ」

その男の名はフー

第三章

海門寺の夜は短い。海門寺温泉が十二時に閉まると真夜中となる。カストリ焼酎を飲む連中が去るころには深夜の二時だ。そして、四時半ともなると、何処からともなく聞きなれない音がこの公園に伝わってくる。ほんの二、三時間、夜らしきものがこの公園にはあるだけだ。

闇マーケットの連中が暗闇の中でしか出来ない商いをしようと集まってくる。引き綱の掛け声が海づらをたたき、海辺のほうから遠く近くに聞こえてくる。イカ釣りの火が薄らぐ頃だ。

大分駅前四時発のチンチン電車が北浜から別府駅前へとやって来る。ポールの先が頭上の電線に触れた瞬間、バリッバリッと音を出し、火花が散る。別府駅に電車が着いたらしい。車掌が運転席からヒモを引く。チンチンと鳴る音が海門寺にも聞こえてくる。

終戦前までは、この電車を動かしていたのは銃後を守った「女子挺身隊」の若い娘さんたちだった。やがて彼女らは復員兵たちに職場を奪われた。復員兵の帰還ゆえに仕事を失った娘さんたちの一部がパンパンに転向したのを誰か知る。チンチン電車のみ知るだけか。

朝五時、一番風呂を求めて数人の男女が温泉の戸を開ける。その下駄の音こそが海門寺の夜明けの音だ。

別府桟橋に宇和島からの連絡船「早とも丸」が着くと、闇商人たちが大きなトランクを両手にさげ、大風呂敷で包んだ荷を背にして降りてくる。ざっと数えても二百人は超える人数だ。薄明かりの中、旅館の番頭らしき者が数名、名入りの提灯を掲げて客に声を掛ける。

「ちょっと休んでいきなさい。ひと風呂浴びていきなさい」

一人、二人と番頭の声に応ずる者たちがいる。しかし、殆どの人々は黙りこくって別府駅に向かう。彼らは別府駅から汽車に乗って大分県一円のみならず、福岡、熊本、宮崎まで闇物資を運ぶのである。〝海の門〟別府は早朝から多忙なのだ。

その連中のうちの二人連れが海門寺の闇マーケットにやって来た。待ち構えていた闇屋の連中と交渉に入った。大風呂敷の中からは米、イリコ、ワカメ、豆……、あっと驚く闇物資が出てくる。ゆっくりと明るくなっていく中で、取引はさっと終わり、二人は駅前通りへと消えていった。

〝海の門〟の別府には当然のように門を守るべき突堤がある。台風除けの意味もある。早朝、国東半島が細々と長く見える。四国の佐田岬も同じように見える。冬、別府の海は紅淡色に澄み渡る。旅情が夜明けとともに波止場に漂ってくる。その旅情は、一種のエトランゼなのだろうか。漁船のエンジン音が奏でる潮騒の乱れも出船入船の騒々しさも、旅情を増させるようである。船が別府湾に入って来てまず眼にするのは、鶴見山でもなければ高崎山でもない。それは白い煙だ。湯煙は海岸、街の中、山の手といわず立ち上っている。

温泉の湯気が少しずつ見えてくる。朝が近いのだ。みかん船が松山方面から入ってくる。イカ釣り船も帰ってくる。

冬の到来は湯治客だけでなく、浮浪者たちをも別府に向かわせる。別府の旅情は、家なき子にも魅力があるらしい。敗戦後、海門寺温泉前にも湯が湧き出していた。しかし、昭和二十七年頃から涸れて、今は一滴も出なくなった。朝早く、近所の人々は大きなヤカンや、バケツを持ってこの湯を汲んで帰る。朝の炊事に使うためだ。溢れ出る湯は溝に流れ出し、浮浪児たちはそこに足を浸けた。

　浮浪児たちは、別府の町の隅々まで知っていた。GI専用のダンスホール、キャバレー、クラブ、そこから残り物の食べ物が山と捨てられる。空き缶を持ってそれを集め、湯気の立ち込める溝に足を浸けて彼らは食事をとる。

「ここが日本で一番住みよいよ」

　多くの浮浪児たちの共通の意見のようだ。一千人を超える浮浪児たちとルンペンたちがパンパンとともに、この町で生きていたのだ。各市営温泉の前では、ルンペンが雑魚寝《ざこね》をしており、あたり一面はチリや食べ物のカスで埋められていた。時には、へベレケに酔っぱらったルンペンが女湯を覗いて大騒ぎになることもあった。特に海門寺温泉、竹瓦温泉、霊潮泉付近にはいつも十数人のルンペンが屯《たむろ》していた。

　さて、海門寺公園の中を散策してみることにしよう。そこには異空間の世界が展開されていた。

　早朝、ここに根づいた浮浪児の男の子五人と女の子一人のグループが煙草の吸い殻のモクを捜して動きだす。取られる前に拾ってしまおうというわけだ。

　楠の大樹の下に、そこで夜明かししたと見られるぼろ衣をまとった琵琶法師がいる。国東半島を中心に生活の糧を得ていた法師たちは、敗戦直前の昭和十九年頃から、職場を失

関西や四国からの連絡船が着く関西汽船別府支店
（昭和10年撮影、『二豊今昔』より）

ったのである。妙なデマが飛び、敗け戦と琵琶法師が結びつけられたのだ。やがて敗戦。彼らは山野を追われ、町を追われた。そして今、一人の琵琶法師はここに座り、乞食然として、汚い茶碗を一つ置いて小銭を乞うている。

古来、平家物語を全曲語りうる学識の持ち主こそ、盲目の琵琶法師であった。子供たちはこの法師を「琵琶坊主」と呼び捨てにした。この七十の坂を超えた法師は、それらの侮蔑の言葉を聞き流した。彼は、その日の糧を得るために算盤《そろばん》占いをしていた。杏子色の夕日を浴びてまどろみつつシラミを潰していた。

ある闇屋が「俺の運命を占ってみろ」と五円玉をチャリンと茶碗の中に投げ入れた。パチパチと算盤弾が弾かれた。それから法師は琵琶を手にし奏でつつ、平曲のごとく謡いだした。

「三者ともに帰らず、諸行無常、大海に漂うは……」

闇屋の男はぷいと背を向けて去っていった。

それに引きかえ、時代の流れをキャッチした易者もいた。この男の周りには、いつも大勢の人々が集まった。畳一枚を超えるような紙を広げて竹のムチをもってそれぞれの人相を論じ、それから未来の運命を予言するのである。

一人の浮浪児が叫んだ。サブだ。

「おいちゃん、人の手相を見て金儲かる道を教えるより、自分の手相を見て金儲かる方法を考えたほうがいいんとちがうか」

　すると、その易者は言い放った。

「み・な・さ～ん！　あの浮浪児は偉いことを申しました。私の手相を見て、ある易者は私に、易者になると成功すると申したのでございます。み・な・さ～ん！　従いまして、私はこうして大道で修行しているのでございます」

　片脚を失った傷痍軍人が、金属製の杖をつきつつブリキ缶を持って公園内で乞食をしている。温泉の脇に眼をやると、両脚のない傷痍軍人がゴザの上に座っている。彼の前に置かれた鉄かぶとの中には五円玉がひとつ入っている。

　彼らは何処《いずこ》より来たれるや。戦争末期、別府の傷病兵は、おびただしい数に上った。陸軍は、主に山の手の殖産館や満洲電々、大蔵省の診療所など、八つの施設を病舎に充てた。終戦当時、一千八百二十三人の兵士たちが硬いベッドの上で呻《うめ》いていた。海軍も終戦前、一千四百人の兵しか収容しきれず、緊急措置として海岸一帯の旅館、貸席六十八軒を仮病舎に充てて、五千余りの傷病兵士を抱えていた。

　敗戦後、マッカーサー司令部は、傷病手当を自前で支払えない兵士たちを全員病院から追い出せ、という命令を日本政府に出した。傷病兵士たちはかくて病床から追放された。

彼ら兵士は天皇陛下の「赤子《せきし》」として、死をもって皇恩に報いることこそ兵士の無上の名誉だと教えられ、それを信じて自分の全てを投げ出し、そして傷ついたのであった。海門寺公園でも常時数十人近くの傷病兵が物乞いをしていた。彼らとてパンパンとやりたかったのだ。だがどうしてそんなことを口に出せよう。「馬鹿、何をぬかすか」の一言が返ってくるだけだ。彼らにいくらかでも援助の手が差し伸べられたのは、昭和二十七年（一九五二年）四月に、彼らを救うための法律ができたからだ。

天皇の国家は、戦争を鼓舞して、傷痍軍人を量産した。そして女郎たちを追っぱらった貸席に彼らを入れた。そして敗戦。今度は女郎たちを敵兵に無料で与えるために、その貸席で療養していた傷病兵を街頭に放り出したのである。

流川通りのパンパン市場の少し上に傷病兵二人の姿が毎日のように見受けられた。白い傷病服を着て戦闘帽を被った長身の男がアコーディオンを弾きながら、「さらばラバウルよ、また来るまでは……」とラバウル小唄をいつも小さな声で歌っていた。顔面と両手は爆弾でやられたのであろう、見るに忍びないものであった。

その男の傍らに、両脚を失った傷病兵が一言も言わず破れた鉄かぶとを前に座り込んでいた。彼らの二人の心の中には埃にまみれた悲しみがつむじ風となって吹き荒れていたであろう。パンパンたちも通行人も見向きもしない。時折、カラン、カランという音がする

流川通りの往時の賑いぶり（大正13年撮影、『二豊今昔』より）。
料亭、妓楼が立ち並び、芸者衆や町の若者が闊歩していた。

だけだ。一円玉か五円玉が投げ込まれるのである。

敗戦直後のある日のこと、海門寺公園で一人の餓死した浮浪児が発見された。人々は驚いた。シラミと疥癬《かいせん》に全身を侵され痩せ細り、ついに重度の栄養失調のために死亡したのである。大分県警も別府市長も事の重大さに気づき、対策を立てると発表した。しかし、大陸からの移住者が増え続け、この公園でも次々と餓死者が出ると、もう公園に集う人も、周辺の人も何ら驚かなくなった。餓死者は、ちらっと遠くから一瞥されるだけの存在になったのだ。敗戦が創り出した悪の疥癬が街にも溢れだしたのだ。死がひとつの日常、ひとつの風景となったのである。

戦争は確かに昭和二十年八月十五日に終わった。しかし、一人ひとりの心の中に新しい戦争が始まっていたのだ。そいつは、爆弾が頭上から落ちてくる戦争ではなかった。そいつは、心への攻撃という新しい戦争だったのだ。喰うものがないという爆弾が毎日のようにこの海門寺公園界隈にも降り注いでいた。終戦による変容の激しさ。戦災を免れた別府の町は原色の町と化した。そして、闇市の乱立。闇物資の氾濫。闇の女たち。当時の別府は、三ヤミ景気の町であった。海門寺公園一帯は、別名〝別府カスバ〟と言われた。

朝がやって来る。アサリとシジミ売りがやって来る。

「アサリ、アサリ……シジミ、シジミ」

浮浪児サブは、その声の後ろから声を合わせるのだ。

「アッサリー、アッサリー。死んじまえ、死んじまえ」

豆腐屋がやって来る。

「トーフ、トーフ……」

サブはまたその調子に声を合わせる。

「トートー、フーフー、死ぬぞー」

とうとう死ぬぞという意味と、遠く遠くという意味を込めて、サブははしゃぐ。彼はいつもユーモアを絶やさない。ここに屯している六人組のリーダーでもある。

朝、郊外から牛車がやって来る。ここの便所の汲み取りをするのだ。人間様と一緒で、赤牛もいたく疲れている。この赤牛は己の体にたかるハエを払うときのみ、腰をピクピクと振ってみせるのだ。そのたびに見物人は笑い転げる。

この便所で用をたすためには、階段を三段ほど昇らないといけない。階段の上には横木が取りつけられている。その横木に紐を下げて自殺するように出来ている。事実、多くの人々がこの横木を利用して死んだ。

　殺人なんてどうということもなかった。ドスが走る。うずくまる。「あっ死んでいる！」と誰かが叫ぶ。管理人のノミの夫婦がやって来る。「あんた、電話しな」と太った女房が小男の夫に言いつける。やがて、行路病者専門の男たちが来る。彼らの一人が、死体の周りに輪を描く。その輪の中に白い粉を撒く。ＤＤＴは高価だ。おそらく石灰の粉であろう。巡査は来なかったかもしれない。彼らは闇物質の摘発で多忙なのだ。「またか」とその辺りにいた連中が言うだけだ。死者は行路病者として、野口原の無縁墓地に葬られた。犬猫と同じように。

　子供たちが学校から帰る頃、「ホエー、ホエー」と声が聞こえてくる。ホエホエおじさんが、吉備だんごを売りにやって来る。吉備だんごひとつ買った子供は、一回だけ回転板を竹で突くことができる。大当たりすればおまけがつくのだ。

「キーン、キーン」と紙芝居の拍子木の音が響いてくる。活動弁士あがりで、ぐりぐり頭のおっさんが「コンブを買わない子供はあっちだ、あっちだ」と怒鳴る。一円玉を出してコンブを買う子供は一番前に陣取る。予定数のコンブが売れると、もう黙って見る子供におやじは文句を言わない。しわがれ声で喋りだす。

「突如として現れた正義の味方、黄金バットだ！　悪人にＺ光線は使わせないぞ。私は平和のために働くのだ。悪魔のナゾーよ、覚悟せよ」

北浜の旅館街に出没した野口の八ちゃんは、傷病軍人が窓から投げる残飯を喰って生きていた。彼の胸には、手製のアクセサリーが飾られていた。傷病軍人が旅館街から出ると、八ちゃんは海門寺公園に出没した。

この公園で戦前から乞食をしていたのはゴーヤンだった。彼は、子供から石を投げられても黙っていた。コブ爺さんも時々、公園にやって来た。彼は身を屈めて、あたかも背中のコブゆえに体が重いという格好で歩いていた。誰かが酒を一杯奢ると、そのコブが夕日に映えて真っ赤に染まった。

交通大臣と綽名された男は毎日、毎日、北浜の交差点で交通整理をしていた。誰かが「ご苦労様です」と声を掛けると、直立不動の姿勢をとって挙手の礼をした。

これらの愛すべき人々が海門寺界隈から姿を消した。昭和二十四年(一九四九年)六月、昭和天皇が九州巡幸をし、別府にやって来る数日前のことであった。彼らは永遠に、精神病院の鉄格子の中に入れられた。

夕闇が近づくころ、石炭箱を持った白いスーツ姿のお兄ちゃんが海門寺公園の入口近くに現れる。ここは、彼のシマなのだ。彼は、デンスケモミをやる男だ。デンスケはぶん回しの下に仕掛けがあり、足先で自由自在に針の位置を操作できる。モミは手指の空間にクジのモミを挟み、当たりクジを皿の中の空モミに落とすと見せかけ、この空クジを落とすのだ。どんなに目を皿のようにしてみても勝ち目は絶対にない。おまけにサクラがうまく立ち回り、見物衆の目をゴマかす。

モヤ返しもこの海門寺公園のショーのひとつだ。ピースの空箱を三つ並べて素早く位置を変えて、印の入った箱を当てるわけだ。これは、手先の熟練と目の錯覚を巧みに利用したものである。だが昭和二十五年、別府競輪場ができると、このような街頭賭博もすっかり下火になった。

昭和二十三年四月の温泉祭のとき、北九州、阪神方面から千数百人のテキ屋、博徒たちが別府の町に流れ込んできた。彼らの多くは、別府市内の繁華街を舞台に〝街頭バクチ〟をした。別府温泉祭に集まった多くの人々の中には、この街頭バクチで大損した人々が出た。海門寺公園とその周辺は別府でも特に街頭賭博の盛んな場所であった。

人出が海門寺界隈を埋める頃、夕日が沈みだす。チンドン屋が楽隊を組んでやって来る。揃いの赤い洋服は、きっとパンパンの派手さを意識しているのだ。商店名を書き込んだ旗持ちが二十人くらいその後ろからついて行く。しかし、たまにはこの公園にただ一人でやって来るチンドン屋もいる。ペコやんと呼ばれる男だ。彼は舞台役者のようだ。白粉をべったりと塗った顔には玉の汗。口にハーモニカ。手には太鼓。目鼻は隈取りし、派手な着物に金紙銀紙を張り付けている。手甲脚絆で歯の高い日和下駄を履いている。背負っている飾台には広告のビラはもとより、風車も取りつけられている。ペコやんは一言も喋らない。脇目もしない。後を振り返ることもない。ペコやんが、かつて別府の料亭「なるみ」一の美人芸者にぞっこん惚れられたことを知る者はいない。チンドン屋稼業に一途に打ち込んでいる今のペコやんには、夕日に映えるその影がふさわしい。

一日の労苦を終えた人たちが、この辺りの飲み屋へやって来る。チンドン屋が帰る頃には殆どの子供たちが家に帰るのだ。夕食の煙りがあっちこっちから立ち昇っていく。それでも去り行くペコやんに、一人、二人の子供たちが「バカ、カバ、チンドン屋、お前のカアチャン、デベソ」と悪態をついている。ペコやんは消えた。

暮れなずむ紅明かりのくねくねと曲がるどぶ板の路地を這うようにして歩いていけば、ひしゃげたような家の防火用水のタンクに金魚が泳いでいるのが見える。家路への帰り道、子供たちは道草して、盗まれないようにその上に置かれた簀《すのこ》を外して金魚を眺めている。

こんな路地の溝にも湯壺から流れ出る湯気が溢れている。パンパン数人がスカートをめくって溝に跨っている。これから使用する道具を温めているのだ。浮浪児サブが彼にぞっこんのミイを連れてやって来た。

サブはパンパンを見つけると突然歌いだした。

一でイッちゃん　嫁とって
二で二階へかけあがり
三でサルマタひっこぬいで
四でしっかり抱きついて
五でゴロリと寝ころんで
六でムクムクやり出して
七でなかなかぬけないで
八でやっぱりぬけないで
九つ子供に見つかって
十でとうとうばれちゃった

「うるせえ餓鬼だな、サブのバカ野郎」とパンパンの一人が叫んだ。あのクレージー・マリーだ。その傍らに東京ベティもいた。

「馬鹿で結構、結婚前ですよ」

二人はこの路地の中の店で食事を済ませ、海門寺から別府駅前へ向かい、客をとる途中であった。

「マリー姉さん、抜けないといけん思って、僕は歌ってやったんじゃないか」とサブはぬけぬけと言ってのけた。

サブの隣にミイという名の女の子が立っている。ひび割れ、霜焼けだらけの手をしている。鼻水がいつも二本垂れている。すり減って捨てられた草履らしきものを紐で縛って足に結びつけている。紺色のズボンは汚れ放題。しかも継ぎはぎだらけだ。上着には垢と鼻水がこびりついている。時々やって来る市役所の衛生係に捕まってDDTを頭から掛けられているので、頭は真っ白だ。シラミがそれでも沢山いるが、もう慢性になっているのか平然としている。サブもミイと同じような風采であった。

「なんて可哀相な子だ、サブは」とマリーは笑って言った。

サブはそのマリーの言葉尻を取った。

「本当に本当にそうでござんすよ、マリー姉さん。さあさあよってらっしゃい、よってらっしゃい。可哀相なのは、このサブでございい。親が代々狩人で、親の因果が子に報い、顔は人間であるけれど、胴から下は蛇の姿。『サブ、あいよ』と答えるのはあっしでござんす。さあささあお代をおいらはいらねえ。もっと可哀相なマリー姉さんに払ってやりな」

「サブ兄ちゃんのお父さんは狩人やったんか」とミイがサブに聞いた。

「ミイ、そいつはいつものサブの嘘八百の口上だ。お前もいい加減にサブの馬鹿な真似に気がつきな」

サブは覗き眼鏡の奥に何かを発見せんとするような好奇心の持ち主だった。ミイはそんな頭の鋭いサブにぞっこんだった。

「マリー姉さん、そら見ろ」とサブは腕を捲って見せた。蛇の写し絵がサブの手首のところに見えた。それはヤクザの彫り物のようであった。

「サブ、そんなものするんじゃねえ」とマリーが怒りだした。

写し絵は表の絵のほうを嘗めて張り付け、しばらくして丁寧に裏紙を剥がした。戦後の子供たちが熱中した遊びのひとつであった。

サブとミイは、風呂敷包みとゴザを持って出かけた。これから駅前で靴磨きをするのだ。サブが靴を磨く役で、ミイが客を呼び込むのである。

「シューシャイン、シューシャイン……」ミイがアメリカ兵たちに声を掛け、大きな手を引っ張るのだ。サブもまた大きな声をアメリカ兵に掛ける。

時々、アメリカ兵がサブに訊く。

「ジャパンガール、ジャパンガール……」

「オーケー、オーケー」

駅の構内で眠る浮浪児。靴磨きの僅かな稼ぎで糊口を凌いでいた。
(昭和22年8月2日名古屋駅で撮影、毎日新聞社提供)

サブはパンパン姉ちゃんを探しに走り廻ったりする。少し金が溜まると、必ずヤクザの子分たちがやって来て、サブとミイから場所代を奪っていく。それでも幾らかは残るのだ。サブとミイはその金で雑炊を食べて一日を終えるのである。

サブとミイが去った後、マリーとベティも駅前のカストリ横丁の前に立ってアメリカ兵を漁りだした。と、ザァーっと雨が降ってきた。サブとミイは仕事を打ち切り、海門寺公園に帰って行った。

サブとミイ、そして四人の仲間たちは、日本棋院大分支部の床下をネグラとしていた。そして、その日の出来事を喋りながら眠った。明日の朝は少し早く起きよう……と、みんなで約束して。

ザァーっとひと雨また来た。夕立ちだ。その雨は鶴見山のほうから吹き下ろす風（人々はそれを鶴見おろしと呼んだ）に乗ってくるのだ。

春も三月になっていたが、鶴見の山頂にはまだ雪が残っていた。東南に緩いスロープを成す別府は、鶴見山や内山一帯が雪になっても、海辺に近い町は雨の降るのを常とした。しかし、日暮れから夜明けにかけて、たまに雪の舞うことがあった。海岸には檀竹が繁っていた。その竹は、別府が南国であることを教えてくれた。蘇鉄もよく育った。棕櫚の並木、楠の大樹に雨が降り注ぐ様は詩趣をより深くした。雨上がりの夕焼け空はことのほか美しい。山の稜線がくっきりと浮かび、真っ赤に彩られる。南の国の別府の春は、山からやって来る。山々の物陰には、もう春の香りが立ちのぼっているはずである。

夕日が鶴見山の端に沈みかけると夕闇が這うように忍びよってくる。湯煙の中に灯りがより一層妍を競うようになって夜となる。山を越えて時雨《しぐれ》が来ると、湯けむりは少し低くなる。

ひとしきり雨が降ると少し晴れた後に雪が降りだした。大楠の葉がそよぎ、斑雪が海門寺公園の土を微かに埋めると、また風が吹き、その雪を払った。この町の雪は水っぽく重たい。そして、ぽとぽとと落ちてくる。

こういう夜は客足も途絶える。この海門寺公園と海門寺の境には古きよき時代の松林の面影が残っている。別府の町中の松林は殆ど消えた。松原公園、住吉神社、妙見山、そしてこの海門寺。また、海岸では上人ヶ浜に残るだけとなった。松の針のような葉が入り交じる夜空を透かすがごとくに降る雪は冬の名残りの寒さを増すのだ。街燈の灯が数本の松の幹の影をつくり出している。その影の中に斑雪がゆっくりと落ちてくる。

「ああ、なんという美しい雪景色だ」

一人の男が大楠の根元に座りながらそう独り言をいった。男は空を見上げ、そして降り落ちる雪が地面に消えていくのを見続けた。

「雨のような雪だ。いや、雪のような雨が降っている」

男はその雪が、彼の衣服を通して心の微睡《まどろ》みに入っていくのを感じた。男は仏像のごとくに座り、死者のごとくに眼を閉じた。そして深い眠りに落ちた。

雪降る浅き春の風情が男の眠りを心地快くしたのかもしれない。男は心の中に封印し続けてきた詩情を解き放つかのように、時々うっすらと口に微笑を浮かべた。現世と別世界を結ぶタイムトンネルを抜けると、そこに海門寺公園があったのであろうか。男は夢とも現実とも判然としない世界に入っていく自分を、夢うつつの中で見ているようであった。男は確かに夢の中にいた。時折、眠気から醒めると、その夢は完全に消えた。

朝五時、男は眠気を払い起き上がろうとした。しかし、また微睡んだ。小雨の降り続く若草の柔らかい土の上に男は座っていた。雨はあがった。服が濡れている。「なあーに、この大樹の葉が俺の体を守ってくれる」と男は思い直すのであった。

「ヘィーヘィー、起きなよ。風邪をひくよ。ヘィーヘィー、起きなよ、起きなよ」

男は、はっとして眼を開けた。まだ夢を見ているのかと思った。

そこに、マリーとベティの二人のパンパンが立っていた。

「ねえ、あんた、そこにそのまま寝てたら、どんなに頑丈な体をしていても風邪をひいちまうよ。ちょっと心配になったから声を掛けたんだよ。空を見上げてごらん。もうお日様がかなり高く上っているだろう。ぱっちりと眼を覚まし、少しは体を拭いたほうがいいと思うんだよ」

「ありがとう」とその男は小さな声で言った。朝露を含んだ草が大楠の下で輝いていた。

「あんた、この公園で初めて見かける顔だね。あたしはここに毎日のように来ているんだよ。だから殆どの連中は知っているんだ。あんた、何ていう名前だい」

マリーは突然相手の名前を聞いた。マリーには別に他意はなかった。心のおもむくままに喋る女だった。

「聞こえてんのかい。フーアーユーと聞いてるんだ。パンパンの私はね、少し仲よくなるとさ、アメ公に必ずこう聞くんだ。フーアーユーとね。いいだろフーアーユー」

男はやっと口を開いた。

「アイ・ハブ・ノ・ネーム」

「あんた英語を喋るんだ。それも見事な発音だね。どうしてここにいるんだ。ユアー・リーズンを聞きたいね」

「ノー・リーズン」

「そうかい、今日はこれからアメ公と会う約束があってちょっと忙しいんだ。ほら、この焼き芋ひとつやるよ。ほら見な。あそこで売っている焼き芋だよ。それに水はあの噴水のところで飲めるよ。ねえ、必ずここにいな。二、三時間したら戻ってくるからさ。

あんた面白い男だね。わけのわからねえ男だから、あんたはフーだ。やい！　フー、あんたの名前は私がつけてやった。いい名前だろう。この子も、私が東京ベティとつけたんだ。私は、クレージー・マリー、またの名をゴマ塩のマリーというんだ。白も黒もくわえこむってことさ。私はね、少しクレージーなパンパンなんだ」

「あんたはクレージーなんかじゃない。ワイズな女に見えるよ。そして、とてもビューティフルじゃないか」

フーと名づけられた男は言葉を返した。マリーは笑った。その笑い声は大楠の葉を揺るがして青空の彼方まで響き渡った。

二人が去ると、フーと名づけられた男は、軍人専用の背囊から手拭いを出して半身裸になり、体をふいた。それからシャツを取り出して、身にまとった。アルミ製のコップを背囊から外すと水を汲んできた。マリーがくれた焼き芋を食べつつ水を飲んだ。

転落の詩集◉第四章

約束の時間がやって来た。マリーとベティが笑いながら公園の中へ入ってくると、大楠の下で何やら本を読んでいるフーを見つけた。

「そこの飲み屋でカストリでも飲もうよ」とマリーが誘うと、フーは軽く頷いた。三人は海門寺マーケットにある朝鮮料理屋に入った。フーは、カストリを注文した。マリーもベティも同じものを注文した。大きな鍋に入っているごった煮を一皿ずつ注文した。トンチャンと呼ばれていた。牛や豚の臓物がなんでも入っていた。大根や白菜も入っているようであった。

フーは一杯目を一気に飲み干すとおかわりを注文した。そして、コップに盛り上がった焼酎を見続けていた。

「何をそんなに見ているんだい」とマリーが聞くと、フーは笑いながら答えた。

「いやね、このコップの中の焼酎を見ていると光が見えたり消えたりするんだ」

「レインボーのようなの」とマリー。

「そう、レインボーさ。こんなところにも虹が出るんだな」とフーは真面目くさった顔で答えた。

ドブロクは白く濁っている。このドブロクを放置しておくと白い部分が沈澱し、上に透明な部分ができる。いわゆるカストリ焼酎とはドブロクの上澄みである。別府では主に、境川の中流地域、山田（現朝見一丁目）の朝鮮部落で製造された。

フーがカストリを眺め続けたのには理由があった。爆弾という酒に注意していたからであった。爆弾は、エチルアルコールを水で割ったもので、風味は全くないが非常に度が強い。エチルアルコールは無害であるが、メチルアルコールは有害で、目が潰れたり、時には死に至ることさえある。

「爆弾だけは飲んじゃいけない。ひと口舌で酒をなめてから飲むといい。味が何もしなかったら金を捨てるつもりで爆弾を捨てないと命を捨てることになる。美しく美味なのはこのカストリ焼酎だ。よく見てごらん。キラキラと輝くものがあるよ」

「なーんだ。ドブロクのあの残りが混じりあっているだけじゃないか」とマリーが言ったので、フーもベティもともに笑った。

フーはマリーとベティに説明した。二人が去った後、ここに住む住民たちと話し合ったことを。海門寺と公園が接する狭い部分なら、小さなトントン小屋を建ててよいという許可をもらったこと。その小屋の材料を専門に売っている店があるので、明日行って仕入れるつもりであること……。

「いくらするんだい、その小屋を建てるのに」とマリー。

「うん……二百円ぐらいだろうと住民が言っていた。それに彼らが住んでいる以上に立派なものは建てられない。まあ一人分あればいいから簡単さ。尖った木片で地面を少し掘って、四本の柱を建てる。その周囲をトタンで囲む。太い針金と荒縄で縛る。そして、古俵を屋根に敷く。兵隊生活でこんなのをつくる方法は知っているからすぐできる」

マリーとベティは時に驚き、時に笑いながらフーの説明を聞いていた。ベティが突然、フーとマリーを見つめると口を挟んだ。

「あんた、姉さんと私に惚れたんじゃないかい」するとマリーがベティを睨んだ。

「アメ公じゃあるまいし、このフーはあたしたちとやりたいような顔をしてないじゃないか」フーは二人の会話を軽く受け流した。

「これから別府駅の待合室に行って蓙《ござ》と毛布を借りて一泊するつもりだよ。今日はありがとう」と言うとフーは立ち上がり、老主人の方へ向かった。そしてポケットから財布を出して勘定を払いかけた。マリーはそのフーの手を制した。

「ねえ、今日は私の奢りだよ。私が誘ったんだ。それにベティと私はね、ちょっとした金が入ったばかりなんだ」そう言うとフーの手を押し退けて代金を払った。

三人は海門寺公園から駅の方向に歩きだした。貸席のある路地を抜けると、左にカーブする。少し広い道に出る手前の右側にお地蔵様が祀られている。フーは手を合わせた。マリーとベティもフーに倣《なら》った。海門寺から駅までは五分とかからない。フーはマリーに礼を言い、深く頭を下げた。

「いいよいいよ、そんなにしてくれなくてさ。明日の二時か三時頃、あんたのトントン小屋を見学にベティと行くよ。そのころには完成してんだろ」

翌日、マリーとベティは約束通り、フーのトントン小屋を訪れた。その小屋は公園の一番奥の日が殆ど当たらない処にあった。マリーの言葉には遠慮がなかった。

「ここは一日中、日が当たらないね」

「いいんだ、ここは眠るための場所だ。それに隣の人もいい人だ。もっといいことがある。盗人は決してここに入らない。逃げ道がないからね。それに鶴見おろしって風もここでは通用しない。いや、この言葉はね、昨日隣の人から聞いたんだ。山の方から吹く風をそう呼ぶんだとね」

「フー、ちょっとベンチに腰掛けに行こうじゃないか。ここではちょっと話しにくいし」

三人は西側の藤棚の下にあるベンチに腰かけた。マリーがベティに言った。

「百円出しな」話し合って来たのであろうか。ベティは百円札をフーの前に差し出した。

マリーはフーに言った。

「フー、この娘に英語を教えてやって欲しいんだ。私の英語なんてたいしたことない。あんたの正しく美しい発音を教えて欲しいんだ。私はね、あんたからビューティフルと言われてね、お世辞だろうけど、嬉しかったんだよ。それでピンときたんだ。この子が美しい英語を喋れれば私も上手《うま》くなるってね。これは少ないけど、夕方までの授業料さ。私はね、ちょっと頑張ってくるんだ。それに、あんたにここにしばらく住んで欲しいんだよ。なんとなくね。はっきりいえばパンパンの英語教師になってくれと言ってんだよ。それにあんたも金がいるじゃないか。お互い様だよ」

フーは聞きつつ笑っていた。

「わかった。ベティの英語教師になろう」

マリーは言いたいことだけ言うと去って行った。

フーは風のような男だった。何ごとにも執着しないという独特のスタイルの持ち主のように見えた。その長身の肉体には必要以外のものが付いていないようにできていた。歩くと彼の周囲に風が吹いているようであった。彼はきっと走るのも速いに違いない。その敏捷性は精神と思想の鋭利さも示している。

　フーは何を教えようかとちょっと考えた。

「ベティ、パンパンが喋る英語をパングリッシュと言われているのを知っているだろう。確かに簡単な英語でも通じるさ。しかし、相手から沢山の金を貰うにはパングリッシュじゃ限界がある。美しく正しく相手に語りかければＧＩといえども、君に少しは金を余分にやりたくなるよ」

　フーは一つひとつの言葉には思想と感情があること、英語は強弱とリズム感を意識して喋らないといけないことを優しく説明した。

「ベティ、さあ、やってみよう。アイ・ラブ・ユーだ。いいかい、このように言葉を一つずつ区切って言ったんじゃ相手に訴えられない。アイ・ラブ・ユーはラを強調して心にメロディを浮かべながら、抱かれる姿を思い浮かべながら喋るんだ。真似してごらん」

　ベティはフーの後をついて幾度も真似をした。

「ちょっと待て、ベティ。そんなにうまく甘く喋られると、本当にお前から愛の告白を受けているようでドキドキしてきたよ」

　ベティは目を潤ませた。今にも泣き出しそうになった。ベティはフーに感謝しつつ、小

進駐軍相手の酒場に群がるＧＩと日本人女性のオンリーさん、遠巻きに見つめる中学生たち（昭和21年４月撮影、毎日新聞社提供）

さな声でぽつりぽつりと己の人生を語りだした。

「私はマリー姉さんと先生に感謝している。先生とマリー姉さんは優しいんだ。私は東京の空襲で父も母も姉も妹もみんな失くした。私だけがちょっと東京を留守にしていたんで助かった。行くところがないんで、静岡の山ん中の叔父を訪ねた。しばらくしてその叔父に犯された。無一文でその家を飛び出し、汽車を乗り継いで、とにかく遠いところへ行こうと思った。その間お金がないから、いろんな男と寝た。気がついたら別府に来ていた。ここでさあ、温泉に入ったんだよ。そしたら、ここにいよう、どこに行っても同じなんだからと、ふと思ったんだよ」

フーはベティの話を聞きながら、シンガポールで諜報活動をしていた兵隊時代のことを思い出していた。フーの仕事は、シンガポール内の土人といった現地人たちの動きを知ることだった。フーは地下組織の中に入り込み、情報を収集していた。その黒い組織の下で働く女たちはパンパンと呼ばれていた。パンパンは東南アジアで、既に使われていた言葉だった。その女の一人が、ベティが言った言葉と同じようなことを言ったのを思い出した。

(男に抱かれても何んとも思わないんだ)

フーは何も言わなかった。ベティの喋り続ける長い長い物語を聞いてやった。彼女は幼い頃の幸せであった物語をフーに語り続けていた。そして静かに口を閉じた。

フーはズボンのポケットから手拭いを取り出して、ベティの頬に流れ落ちる涙を優しく拭ってやった。ベティの顔を両手で押さえ、自分の目とベティの目を重ね合わせて語りだした。

「ベティ、人間にはね、思いもかけない運命が待ってるものさ。俺もねえ、ベティのような人生とは違うけど、辛い目に遭った。俺は戦場で闘い続け、仲間や部下を殆ど失った。やっとの思いで内地に帰り、故郷の佐田岬、ベティ、別府の海の向こうにかすかに見える半島があるだろう、あの先だ。故郷に帰ったら母ちゃんが死んだ後だった。お前と同じように誰ひとり身内がいないんだ。それに夜寝るとね、戦場の生々しい、そして果てのない地獄の様相が浮かんできてしまうんだ。

ベティ、生きてるからには生き続けなければならない、そうだろう。お前は死にたくないから生きている。俺はお前がパンパンするのに反対はしない。これからはお前のいい教師になって、お前が少しでも稼げるようにしてやる」

二人はちょっと休むことにした。焼き芋を買い、ニッケ水を仕入れ、二人して食事の時間とした。フーはマリーとの約束だと言って勉強を再開した。公園に落ちていたチラシをフーは拾ってきて、紙の裏に鉛筆でカタカナ英語と訳を書きながら授業を進めた。

「ハロー」を幾度も教えた。そして「カモン」に移った。ベティは真剣だった。そして次に「ホールド・ア・ミニッツ・プリーズ」を教えにかかった。

「ベティ、いいかい。ホールドは抱くということだ。ミニッツはほんの少しだ。プリーズはどうぞという意味だ。この紙に書いておくから一人の時でも練習するんだ。ちょっとでもいいから抱いてよ、となるんだ。言葉を切ってはいけない。ア、をあるかないかに喋るんだ。プリーズをもう少し長く、強く言え。そうだベティ、お前のその甘ったるい声を暗闇で聞いたらGIたちは遠い祖国に残した恋人を思い出すだろう。奴らの心を遠くアメリカへと走らせるんだ。ベティ、見事だよ」

　フーはそれから恋人という言葉について説明した。マイ・ダーリン、マイ・ハート、マイ・スイート……。

「ベティ、セックスするとき、囁くように泣くように、この言葉を連発し続けろ。偽りも真実を生むし、真実に近づく最良の道だ。さあ、マイ・スイートを練習しよう。ベティ、スイートとは甘いという意味だ。もっと甘く甘く表現しろ。うん、いい、その調子だ」

「先生、ゆうベアメ公から言われたんだ。金を貰うときにね、ヘイ・ビッチとね。どんな意味ですか」

　フーは一瞬たじろいだ。それは彼にとっても忘れられない言葉だった。彼は戦場を逃亡し続けついに捕まり、多くの日本兵とともに収容所に入れられた時に知ったものだった。

収容所の外でイギリス兵士や一部のアメリカ兵士が、当地のパンパンたちを誘いこむ言葉だった。フーはベティに説明し始めた。

「ベティ、汚い言葉はどこにでもあるだろ。それはね、ドッグ、そう、犬の蔑称なんだ。野良犬め、とか、雌犬め、という意味だ。でも、こんな言葉を投げかけられても気にすることはない。日本人同士だって言うんだから。そんな言葉は沢山あるよ。きっといつか、イエロー・スツールと言われるかもしれない。黄色い便器という意味だ。でも言わしておけ。決して腹を立てるな。笑ってごまかすのが一番いい。お前にマリーがつけたベティという名は、日本語で言えば『花子』だよ。マリーはお前をパンパンの花という意味で東京ベティと名付けたんだ」

「先生、もうひとつあるよ。あたしが『ヘイ・カモン』と言ったら、GIが『カメラ』と言った。笑っていたからついて行ったんだけど」

フーは大声で笑いだした。そしてベティの真剣な顔を見て、また笑いだした。

「ベティ、それはカム・ヒヤの略だ。カムは来いだろう。ヒヤは、ここにの意味だ。彼はキャメラ、と言ったと思うんだ。お前には写真機のカメラに聞こえたんだ。キャメラと言われたらオーケーの意味だから商談は成立したということになる」

フーは今日はもう終わりにしようと思った。しかし、伝えたいこと、教えたいことが沢山あった。

「さて、お金を貰うとき指を立てるんだって。それは、パン・ハンドとでもいうのかい。いやいや、冗談だよ。ギミ・マネ・ナウを憶えようよ。すぐに金をくれという意味だ。しかし、優しく言わないと相手は気分を害すだろう。余分にお金を払いたくなるようにね。さあ、もう一度練習だ。よしいい……そしたら、サンキュウ・ソウ・マッチだ。サンキュウに力を入れな。ソウ・マッチは優しくな。ベティ、何があろうとすべてソウ・マッチだよ。甘く、甘く、感情を込めてだ。一度だけでなく次の夜も、お前を抱きしめたいと言わせるように喋るんだ、ベティ」

「先生、もうひとつだけ最後に問題があるんだよ。アメ公から『ハウ・オールダァーユー』と早口で聞かれたんだけど、わからないだろう。笑っていたら、アメ公も笑っていた」

「ベティ、それは年はいくつだと聞いたんだ。お前が笑ったんで、相手は仕方なかったんだ。ベティ、お前はナインティーンと答えな。十九歳という意味だ。いいか、今年も来年もずーっとナインティーンだ」

昭和二十一年五月二十八日に米兵たちによる別府警察署襲撃事件があり、アメリカ兵とパンパンが騒いだ事件については既に触れた。

このパンパンの群れには、リーダーがいた。その名はリリーといった。福岡から別府に流れ着いたリリーは、既に四十歳を少し越えた大年増であった。一時は自らも若作りをしてアメ公とバタフライしていたが、子分を抱えて別府に乗り込んで来てからは、もっぱら子分の女たちから巻き上げる金で生活してきた。リリーは、自らの名前をつけたリリー・クラブを形成していた。リリーの周りには、少しずつパンパンが増えていった。

リリーは、特攻くずれのダンと呼ばれる男を用心棒にし、また彼の情婦にもなった。そのダンと呼ばれた男は、二十五歳前後と思われた。少し小肥りの、凄みのきいた色男であった。彼らの本拠地は最初は北浜海岸。安い宿に陣取って、夕方に警察署の裏手の防波堤に集まり、リリーとダンの号令を待って動くのであった。やがて彼らは、別府桟橋、そして流川通りへと進出してきた。まだ、パンパン・ハウスもない頃である。

アメリカ兵たちは、ただただ飢えていた。大分市にあった連隊の高官は、大分で兵隊たちが性の処理をするのを好まなかった。大分の街は空襲でほぼ完全に姿を消していたので、大分の人々が何をしでかすかと心配であったからだ。それに高官たちは、性の処理方法として貸席を利用するのが最良だと考えていた。一般家庭の娘を出せとは戦勝国としてもそうそう言い出せなかった。従って兵士たちは、別府の貸席に流れこんできた。しかし、すぐに飽きてしまった。彼らは開放的なセックスを求めていたのだ。じめじめしたセックスでは、彼らの欲望を満たせなかった。大きな声をあげて喚く女を求めたのである。パンパンこそは彼らが求めてやまなかった大和撫子《やまとなでしこ》であった。

リリーは黒い半長靴を履き、竹根ぶちを手にした特攻くずれのダンをいつも傍らにおいていた。見知らぬパンパンが登場し、GIと青姦するのをじっと見届ける。GIが去ると、蝶が炎の中に舞う刺青を見せびらかすようにブラウスを半分脱いで近づいて行くのだ。そして啖呵を切りだした。

「ねえ、お前よう、ここを何処と思ってやってんだ。ここにアメ公がやってくるのは、ちゃんと私が餌を蒔いてるからだよ。ここはね、私たちリリー・クラブのシマなんだ。わかってんのかよ。仁義を通さんでよ、縄張り荒らされちゃ、黙っているわけねえだろう。モグリで稼業やるのは、ちょっと虫がいいのと違うかい」

リリーがそう言い終えぬうちに、リリーの子分三人が顔を横に向けられないほどに殴りだす。腰のバンドで叩く女もいた。刀剣の鍔で突きを入れる女もいた。また、下駄を脱いで倒れたパンパンに馬乗りになり、頭を下駄で叩く女もいた。顔は腫れ上がり、服は破れ、胸も露わにされて事が終わるのであった。こうして、そのパンパンはリリー・クラブの一員となっていく。リリーは青あざのパンパンが納得すると、その女の髪をぐっと握り、「みんな、今日から新入りが加わった。よろしくな」と言うのであった。そして、ひと仕事終えると明日の予定を簡単に説明し、情夫のダンと姿を消した。

リリーは、子分のパンパンたちに一日の責任額を百円と課した。たとえ仕事がなくても、この百円だけはリリーに差し出さねばならなかった。GIが見つからないときは、裏銀座や、流川通りで日本人の客を漁った。

リリー・クラブはやがて裏銀座に根拠地をつくった。まだアメリカ兵が少なかったので、日本の男をも漁ったわけである。別府基地チカマウガが完成する昭和二十一年の十二月までは、パンパンの数もそう多くはなかった。

あるとき、いくら殴っても蹴っても反抗する女がいた。リリーは激高し、狂おしいほど大声を出して喚いた。

「よし、もういい。ズロースを脱がしな。そして股にマッチで火をつけな。この女は本当の痛さを知らねえんだよ。リリー・クラブが甘いものじゃねえことをトコトン教えてやろうじゃないか。さあ、マッチで火をつけ、やつの大事な処を燃やしてやんな。なに、それでもリリー・クラブに入らねえってのかい。やっちまえ！」

女は大声を発した。その時、一人の警官が闇の中から姿を現した。リリー・クラブの行動を監視していたのだった。リリーと一味は退散した。その警官は、近くのＭＰの詰所の南風荘に医師が常駐していることを知り、女を背負って運び込んだ。

翌日、この幸運の女はマリーのもとへやって来て、仲間の一人となった。マリーは、そのパンパンをキャンディと名付けた。

「キャンディ、お前は少し甘いところがあるから気を付けな」

「だって、私キャンディだもん。姉さんは、私が少し甘いからキャンディとつけたんだろう。シュガーでもいい」

キャンディと同じような目に遭ったパンパンがいた。マリーはひと目彼女を見るなり、「オリーブ」と名付けた。ポパイの恋人にそっくりだったからだ。

マリー一味に加わったハニーの話をしよう。

国家売春組織のＲＡＡ（特殊慰安施設協会）のキャバレー部が、日本全国の女性に向けて「東洋一の豪華キャバレー」に集まれと大宣伝をしていたころの話だ。

敗戦直後をちょっと過ぎた十一月二十九日、大分合同新聞に「ダンサー募集」の記事が載った。別府駅裏の不老泉温泉にダンスホールの仮事務所ができた。この不老泉の二階をダンスホールにすることになったので、純正ダンサーを募集するというものであった。この広告によって、別府の町にダンスホールの一大ブームが起こった。スター・ダンスホールの誕生だった。彼女たちは殆どが処女であった。専門のダンサーから指導を受けた。やがて別府に基地建設が始まると、このスター・ダンスホールは隆盛を極めた。ハニーは、広告を見て一番最初に入社した女性であった。

彼女は、朝鮮の京城から父母と妹と一緒に引き揚げてきて、山の手の小さな一軒家を借りて暮らしていた。妹は後にキャンプのメイドになった。彼女は、一家を支えなければならない立場だった。父親は元検事だったが、別府では仕事がなかった。彼女は当時二十二歳。京城の高等女学校を出ていたので、少々英語も喋れた。丸顔で清楚な感じの美人であった。百六十センチを少し超えた大柄なそのスタイルは、当時としては珍しかった。やがてスター・ダンスホールが開店すると彼女はたちまちナンバー・ワンを競う一人となった。チカマウガの建設が始まり、土建貴族たちが連夜のように訪れたので、ハニーは当時の勤め人の数倍の収入を得た。彼女は、マーラーの交響曲を愛した。また、少し左翼思想にかぶれ、マルクスやレーニンの翻訳本を読んでみたりした。それが当時の流行だった。

しかし、このスター・ダンスホールにも陰りが見えてきた。チカマウガが昭和二十一年十二月に完成し、土建貴族たちが少しずつ去っていったからであった。彼女の収入で一家が生活をしていたので、収入減は、一家の暮らしを直撃したのである。

そんな彼女に、立花ダンスホールに移った友人から電話が入った。翌二十二年の四月のことであった。アメリカ兵が沢山来て、スペシャル・パーティーを開くから、是非一日だけでいいから、手伝ってくれとの懇願だった。その一日のパート代は、当時の彼女の日給の数倍であった。しかも前金渡しとのことだった。彼女は応じた。そして悲劇が起こったのだ。

ハニーがマリーに語った物語はこうである。

「私は立花ダンスホールに入りました。今までの私の踊っていたホールとはまるで違っていました。それでも友人に誘われるままにアメリカ兵たちと踊りました。もちろん、スター・ダンスホールにも将校クラスの人たちが土建業者の人たちと来ていましたが、とても紳士でした。デートにも誘われましたが、断わるとそれ以上何ごとも起こりませんでした。

でも、その夜は違っていました。灯りが一つ、そしてまた一つ消えていきました。そして、やっと私は気がつきました。勇気を出して帰るべきだったんです。しかし、たぶんそれも不可能だったでしょう。何よりも、アメリカ兵の大きな腕の中に抱きすくめられて身動きひとつできなかったのです。そして、最後の灯りが消えると、殆ど周囲が見えなくなりました。その時、大きな腕に抱きしめられていた私の体は一瞬宙に飛び、ソファーの上に放り投げられたんです。『助けてください』と私は叫びました。しかし、誰ひとり私をかまってくれないのです。『ヘイヘイ』とか言ってGIたちは燥ぐばかりです。私は友人の名を幾度も叫んで助けを求めました。でも彼女の姿が見えないのです。
大男は私の口にハンカチを押し込みました。『シャラップ』と大きな声で叫んだのです。もう身動きができなくなりました。脚の間を死に物狂いで締めました。ダメでした。素裸にされました。その時、周囲のGIたちが私を見つめているのに気づきました。私は友人が私に言ったスペシャル・パーティーの意味がわかりました。私がその日のショーの主役だったんです。私はここで処女を喪いました。彼らは何人も私を抱き続けたんです。輪姦されました。全てが終わりました。私がイブニングドレスを再びまとうと、あの友人が現れてこう言いました。『ねえ、あんたの真っ白のイブニングドレスもこれで血に染まったってわけね。あんたも、今日からパンパンだね』って。そして彼女はこう付け加えました。『私はリッティという名のパンパンさ。憶えておきな。ここにいるダンサーはみんなパンパンだよ。あんたも、もう薄々わかってんだろう。パンパンやらなくて生きていけるわけねえだろう』
私は泣きながら家に帰りました。父と母にほんの少しだけ起きた事を話しました。父はおどおどするばかりでした。母は泣きやみませんでした。それから数日して、スター・ダンスホールに行きました。もう、みんな私に起きた出来事を知っていました。私は、ダンスホールを去ることにしました。明日からどうしようかと思いました。もう気力もなかったんです。気が付くと街頭でアメリカ兵に声を掛けられて、ふらふらとその兵士の後についていく自分を制止する力を失っていたのです」

ハニーは、リリー・クラブの存在すら知らなかった。ハニーは、どうでもなれという気持ちで、北浜海岸でそのアメリカ兵とセックスをした。そして彼が黙って差し出した五百円を受け取ると、次の相手を探そうと流川通りのパンパン市場に来た。そのときに、リリー・クラブの三人に捕まったのだ。裏銀座のリリー・クラブに連れ込まれて激しいリンチを受けた。しかし、ハニーはリリー・クラブへの入会を拒否した。それから死のうと思いつめ、海岸を歩き続けていた。サブがアメリカ兵にパンパンを世話しての帰りにハニーを見つけて後を追った。別府桟橋を囲む突堤の先に来て、ハニーは自殺の準備に入ろうとした。靴を脱ぎ、ちぎれたドレスを脱ぎかかった。その時、背後からサブの声を聞いた。

「姉さん、死んじゃ駄目だ、死んじゃ駄目だ」サブはハニーを後ろから抱きしめた。そしてまた叫んだ。

「姉さん、死んじゃ駄目だ」

ハニーは、その場にくずれ落ちた。サブはじっとハニーの傍らに座っていた。数時間があっという間に流れた。

「姉さん、今から飯を喰いに行こうよ。僕はＧＩとパンパンの両方から少し金をもらったんだ。姉さん、奢るよ。いいだろう」

二人は無言のまま海門寺公園に向かって歩いた。そして、マリーとベティ、新しく仲間に加わったキャンディらと出会った。

「そうかい、あんた大変だったんだ。しかしね、大変だったでは事はすまないよ。思い切ってパンパンになりな。そうそう悪いこともないんだ。物はついでだよ。このキャンディもリリーからやられたんだ。私があんたの友達になってやるよ。

それにしてもひどいやられ方だねえ……。ゆっくり休んで一週間もしたら、また公園に来な。ここにフーという男がいるから訪ねて来るといいよ。今は何処かに行ってるが、ちょっと待ってりゃあ、必ず帰ってくる男だからね。そいつがパンパンのイロハをあんたに教えてくれるよ。私からちゃんと言っとくからね。いいかい、死んじまったら一巻の終わりだよ、ハニー。生きてりゃあ、きっといい事もあるんだよ」

ハニーはみんなに礼を言い、そのフーという男に必ず会いに来ると約束して去って行った。

マリーはキャンディを睨みつけるようにして言い放った。

「もう我慢できねえ。限界に来た。このクレージー・マリーが、リリーの奴を叩きのめしてやる」

スター・ダンスホールも、ハニーが去った直後からすっかり変わっていった。優雅にタンゴやワルツ、そしてジルバを踊っていた時代は過ぎ去った。土建貴族たちが去った後、GIたちの溜り場となり、ブルースの時代となった。それから似たようなダンスホール、キャバレーが別府に五十軒以上できた。ダンサーはパンパン・ダンサーへと変わっていった。

やがてスター・ダンスホールは、ストリップショーを上演するキャバレー・スターへと移行した。では、ある夜のキャバレー・スターへ読者をご案内しよう。

夜八時半を少し回っている。GIの一人が声を掛ける。「ヘーイ、ミッキー」するると大勢のGIが合唱する。「ヘーイ、ミッキー」

バンドのシンバルがジャンと鳴る。

白衣を纏《まと》った女体が、真っ黒いカーテンを開いてサーッと登場する。スポットライトがその女体を舐めるように、脚の方からゆっくりと上の方へと昇っていく。

おお、見よ。今日のミッキーはスペシャルスタイルだ。ミッキーはさっと白衣を脱ぐとスカート一枚となる。なんという奇想天外な扮装だ。乳房を眼にして、心臓の下あたりが鼻、ヘソが口になっている。うーん、これはすごいぞ。ご丁寧にも、その口にはバナナをくわえている。楽団の音に合わせてミッキーが乳房を揺さぶる。と、腹部一面が笑っているようにも、泣いているようにも見える。また、そのバナナが卑猥な動きをするのだ。ミッキーはそのバナナを小さく手で切って、GIの一人の口に入れてやる。大勢のGIたちが彼女にバナナをせがむ。ミッキーはフラダンスを踊りだす。もうGIたちは興奮の頂点に達する。トランペットのかすれた金属音が一段と高まる。そして、下手くそなスロールンバ。ミッキーは、くねくねと身をよじらせて、しなやかに片手でスカートを脱いでGI目掛けて投げ捨てる。そして、よりしなやかにそっとあそこを見せ始めるのだ。GIたちは、パンパン・ダンサーと暗いソファーの上で生のショーを始める。ダンサーの中に誰一人として抵抗する者はいない。全てがショーなのだ。やがてミッキーが姿を消す。最後のショーが始まる。

やがてパンパン・ダンサーたちは、自分たちが一種の消耗品であることに気づいていく。微毒が彼女たちを侵しはじめる。頭がおかしくなるだけでなく、体が痩せていく。ぽろぽろと櫛《くし》の歯が欠けていくように、沢山の病気を引き込んでいく。バンドのシンバルがジャンと鳴るたびに、自らの体の衰えを隠そうとはしゃぐのだ。

マリーは自分の仲間たちに、パンパン・ダンサーになるなと戒めた。ダンスホールやキャバレーで妙な体位でセックスを続ければ膣が傷つき、やがて命を縮めることになると戒め続けた。

「いいかい、パンパンはな、健康でなければならないんだよ。体が資本なんだから。いいかい。大量の酒を飲んでやってはいけないよ。妙なことしてやりゃ、チツが傷つくんだから。一年を五年に生きるようなパンパンは早死にするんだ。沢山の客を一日にとっていりゃ病気になるよ。そのためには、独立心を持つんだ。ジゴロの手玉に乗ってはいけない。輪タクの連中の口車に乗ってハウスの中に入り、彼らにマージンを奪われてもいけないんだ。いつパンパンやめても生きていけるようにしとかんとね」

「娼婦病院」という異名をとったのは、八幡区（現朝見二丁目）の県立別府病院であった。同病院は、明治四十五年（一九一二年）に県立娼婦病院として発足。その後、花柳病病院に改称した。パンパンたちが急増した昭和二十五年（一九五〇年）、性病科専門の県立別府病院と改められた。総面積三百五十坪。百五十坪の病棟が二棟。院内には十二の病室、四十八床が完備していた。その利用者は病院名が示す通り、貸席の女郎とパンパンであった。この病院も、昭和三十一年（一九五六年）四月に閉鎖された。この年、米軍が去って行ったからである。

マリーがブロンディと名付けた仲間がいた。

十八、九歳ぐらいであったが、彼女は検診を極度に嫌がった。検診の順番が近づいたとき、病院から逃げ出そうとして、朝見川の中に落ちたことがあった。当時は川添いの道路と川の間に何らの遮蔽物もなかったからだ（後にコンクリートの壁ができた）。幸いにも落ちた所がかなりの水の深さがあり、たいした怪我もせずにすんだ。

ブロンディは、GI連中からミス・オンリーと綽名をもらっていた。誰かれなく、GIたちに「オンリーになりたい」とせっついていたからである。ブロンディはVD（性病）になった。VDは微毒だったけれど、徹底的に治療しようという気力が足りなかった。ブロンディは検診で医師に冷たくあしらわれたのに腹を立てた。看護婦が彼女を見下したのにも我慢ならなかった。そして頭がだんだんとおかしくなり、マリーの忠告を無視し続け、ふいと別府から姿を消した。

マリーは、他のパンパンたちを説得するとき、よくブロンディを引き合いに出した。

「いいかい、若いだけではこの商売は勤まらないんだよ。健康が第一さ」

マリーが性病の恐ろしさを真に知ったのはブロンディの行方を追っている時だった。偶然に知り合った一人の男の出現であった。その男は、阿南医師といい、秋葉通りを下り、国道十号線と交わる手前にあった南風荘というMPの詰所で働いていた。彼は占領軍の性病対策班の日本側の役人であった。阿南からマリーにブロンディのことについて話があると連絡があった。マリーは阿南に面会した。

「マリー、ブロンディはあのままでは死んでしまうぞ。花柳病院に行くのを嫌がってい
たから私は毎日、毎日ブロンディを説得したんだ。このままじゃ死ぬってね。ペニシリン
を打ってやった。治りかけた。けれどすぐに逃げ出すんだ。そして、とうとう行方がわか
らない」

マリーは、この医師が涙ぐんで話し続けるのを聞いていた。そして、この男の人格にす
っかり惚れこんだ。「何処かフーに似ている」とマリーは思った。

それからマリーと阿南は共同作戦を取るようになった。「花柳病院」という名ではパ
ンパンたちが行きずらいとマリーが言うと、阿南は進んで県庁に出向き役人を説得した。
阿南も、パンパンの自立を支持した。そして、自分の商売の独立を維持するためにも、す
すんで検診しろと流川のパンパン市場で演説した。マリーは別の立場からパンパンたちを
説得した。

「よく聞きな。決してハウスの中に入って、パンパンしてはいけないよ。GIが七百円払
うと、輪タクは二百円とる。ポン引きが百五十円とる。残るのはハウスに入る三百五十円。
ハウスの経営者とパンパンがそれを折半するから、パンパンに入るのは百七十五円だ。こ
んな調子じゃVDになったって病院にも行けねえよ。VDもっていたって客を取らされ続

ける」

マリーはリリー・クラブや輪タクの連中、そしてポン引きの後ろに控えるネスゴロウたちからも、「危険な女」と見られるようになった。

マリーは自らすすんでパンパンたちの姉御分になったのではない。彼女たちに一円の金も要求したことはない。むしろ身銭を切って彼女たちを援助してきたのであった。彼女は若いパンパンたちを連れて、朝見の花柳病病院にすすんで向かった。そしてその帰り道、御幸橋を渡り、駅の方へと歩きながら、いつも次のように語るのだ。

「いいかい、メンスが狂ったときのように血が出ると気づいたらもう終わりの始まりだ。指で触って粒々になっているのを見つけたらもう遅いんだ。VDとわかったら、どんなことがあっても完治するまでパンパンしたらいかん。命を縮めてしまうからね。毎日、毎日パンパンは鏡に自分の顔を映してよく観察しないといけない。染みが出来たんじゃないか、生気があるかどうかチェックしないといけないんだ。

あんたたちはオンリーだ、キープだと騒いでいるが、将校や下士官の連中も、GIさえもアメリカにワイフや恋人がいるんだ。私たちは彼らにとってムース（獲物の鹿）にすぎないんだ。簡単に惚れちゃいけないよ。だから心をしっかり持っていな。パンパンやめたときのことを考えて、毎日毎日を生きな。金は残らなくていい。病気持ちの体にならなきゃいい。そうすりゃあ、またいい時代がきっと来るんだ」

昭和二十三年八月十一日、大分地裁でパンパン・ガールの性病取締まり違反の公判が開かれた。検察側は厳重な求刑をもって臨んだ。裁判所側も、従来の執行猶予の恩典を付けないことにし、パンパンたちに十二日間の実刑を言い渡すことにした。占領軍の指導によったものである。この年の八月、検挙したパンパンは検診の結果、彼女らの七五パーセントがVD患者であった。だが、翌年五月の検挙総数は五百五十八名、そのうちVD患者は僅か三十七名であった。阿南医師やマリーらの努力が実を結んだのである。

それでも多くのパンパンたちは「転落の詩集」を読み続けていた。マリーはどうして自らの虚飾を剥ぎとったのかを説明しなかった。「フー・アー・ユー」、マリーは一体何者なのか、マリーは何処から来たのか、誰ひとり知らなかった。しかし、マリーの周囲の者はみんなマリーにぞっこんだった。マリーはいつも底抜けの明るさを持っていた。マリーはその底抜けの明るさの中に、冷静な知性を漂わせていたのである。

GIたちのVD感染を防ごうと、MPたちはジープにVDのパンパンを乗せるべく日本国中の町を走り続けた。その姿が詩となり、その詩に曲がつけられ、昭和二十四年版の小学四年生の音楽教科書にも採用された。当時の子供たちはみんなこの歌を唄って育った。

ジープが走る
走る　走る　ジープが走る
なみきのみちを　いちょうの道を
ハロー　ハロー　ララ　ララ
走れジープ　ぼくらはいくよ
なみきのみちを　ポプラのみちを
みんなでいっしょに　うたっていくよ
ハロー　ハロー　ラララ　ララ

パンパンは「ギミイ・マネ・ナウ」と叫び、子供たちは「ギブ・ミイ・チョコレート」と叫んだ。

別府御法度を知らぬか◉第五章

フーは洗濯物を竹篭に入れて、三十分ほど歩いて境川に行った。そこでシャツやパンツを水に浸し、海門寺の闇マーケットで仕入れた石鹸をこすりつけた。それから平たい岩の上にそれらを乗せて足で幾度も踏んだ。こうすることにより、洗濯物の内側まで石鹸が染み込むことを南方での戦争体験から知っていた。洗濯物類の順番を変えるとまた、足で踏んだ。それから一枚一枚を丁寧に揉みだした。そして水でよく洗い、枯れ木を二本立ててロープを張り、洗濯物を巧みにくくりつけた。と、ちょっと下の方で、ピシャン、ピシャンと小石が水面を叩く音がしたので眼を下方に向けた。浮浪児らしい子が何かを無性に叩いていた。よく見ると半殺しにされた青蛙が一匹、石の上に置かれ、石を投げつけられようとしていた。フーはその子供を見た。海門寺公園に屯する子供の一人だった。海門寺公園の早朝、いつも六人の浮浪児が、きまって煙草の吸い殻のモクを拾っているのをたびたび目撃していた。その六人の子供のリーダーらしいとフーは思った。

「おい、馬鹿な殺しをするんじゃない」とフーは思わず大声で言った。ハッとして少年は声のする方に眼を向けた。

「おい、意味のない殺しはしないほうがいい。そうは思わないか」そう言ってフーはまた少年を叱った。少年は黙って頷いた。そして手にした小石をぽいと川の中に投げた。

「おい、君は海門寺公園にいる少年だろう」とフーは優しく声をかけた。少年は今にも泣きだしそうであった。

「うん」と少年は応えた。

「名前は何というんだ」

「サブだ。おじさん、フーという名だろう。ぼくは知っているんだ」サブはマリーやベティからフーのことを多少は聞いていたらしい。

「どうして別府に来たんだ」とフーはサブに重ねて聞いた。サブはフーの傍らに座り、ぽつりぽつりと敗戦前後のことを喋りだした。

「僕は神戸で両親を失ったんだ。それから汽車を乗り継いで北九州の親類の処に来た。そしたら爆撃だ。その親類の人たちも皆死んだ。それからまた汽車に乗り大分に来た。そこでまた空襲に遭ったんだよ。空を見上げると飛行機の編隊がよく見えた。そしてプロペラの先端あたりからピカピカした光が閃《ひらめ》いたんだ。パラパラと豆を煎るような音がして、そしてその豆のようなものが空から舞い降りてきたんだ。ヒュル、ヒュル、ヒュルと、なんとも言えない音がした。僕はそいつを見続けていた。おじさん、あれは爆弾じゃない。しかし、そいつは舞いながら落ちて来て、僕の背中にくっついた。僕はカッカして橋の上から川の中へ飛び込んだ。運がよかったんだ、ちょうど川があったから。その川の中である兄ちゃんに会ったんだよ。その兄ちゃんが『別府は何も爆弾が落ちんぞ』と言うんだ。それで僕はその晩、別府まで歩いてきたんだ。その兄ちゃんは時々、駅前で僕に声を掛けてくれるよ」

フーは黙ってサブの語る話を聞いていた。それからしばらくしてサブに問うた。

「サブ、お前だな。わざわざ松の木の下に来て小便をする奴は。便所がすぐそばにあるじゃないか」

「おじさん、松に小便すると肥やしになるよ」

「バカァ言え。古い小便は肥料になるが、新しいのは枯れてしまう。それにだいいち品がないんだ」

こうして二人は打ち解けた。そしてフーはサブにひとつの提案をした。

「おいサブ、この川の中に石を積まないか。そして二、三日してここに来て、川を少しだけ堰き止めて水を少なくして鰻を捕らないか。ここならきっと沢山の鰻が捕れるはずだ。その鰻を食べるなり売るなりすればいい」

フーの提案にサブは応じた。フーは石の積み方をサブに丁寧に教えた。一番中心の部分には小石を積むこと。そこに鰻が入り込み休むからだ。そして小石と小石の間に小さな空間を作ること。そこから徐々に大きな石を積み上げていくこと。川の流れに沿って鰻が入りやすいような誘導作戦をサブに教えた。「フーおじさん、どうやって鰻を捕まえるんだい」とサブは聞いた。フーは笑った。

「サブ、それは秘密だ。どうやって鰻を捕まえればいいか自分で考えておけ」

フーはサブに「その服と下着を脱いで洗え」と言って石鹸を差し出した。サブは悲しそうな顔をして首を振った。

「おじさん、この汚い格好が僕の商売のスタイルだよ。薄汚いから商売になるんだよ。それにこの服とズボン、神戸から着ているんだ。これを着ているから父ちゃんと母ちゃんが僕のそばにいると感じるんだ」

フーは納得した。だがせめて下着だけは清潔にしろと言い、無理やりにサブを裸にした。四月とはいえ、春の風は冷たかった。サブは応じた。そして二人して石鹸をつけて足でそれを踏んだ。フーは下着が簡単に結べて簡単に解けるやり方をサブに教えた。サブは幾度も幾度もやり直した。そして、そのやり方を理解した。二人は下着が乾くまで草むらに寝転んで青空を見続けていた。サブはフーに言った。

「おじさん、今日は昼から約束があるんだ。モクを拾って集めたもので作った煙草を闇屋のおじさんに買ってもらう日なんだ。僕たちは拾った吸い殻を丁寧に選んでモミ直すんだ。ミイが煙草巻き器で煙草に仕上げるんだよ」

フーは煙草巻きの紙を何処で仕入れるのかと聞いた。サブはニヤっとした。

「おじさん、本当は秘密なんだけどね。占領軍の従軍牧師さんから貰った聖書が一番なんだよ。僕たちの仲間で聖書を貰いに行ったんだよ。その牧師さんはね、『アーメン』と言ってさ、僕たちみんなに一冊ずつくれたんだ。闇屋のおじさんも上等だといって他より少し高い値段で買ってくれるんだよ。

その金で明日、僕ら六人は山門の中でパーティーを開くんだ。あの和尚さんとおかみさんの特別の許可をとってあるんだ。おかみさんにチョコレート、和尚さんには煙草のキャメルをプレゼントしたんだ。僕たちは明日、ラムネとサイダーを仕入れるんだよ。それに肉屋のおじさんも特別に肉を安く売ってくれると言うしさ」

サブは綺麗になった下着を身につけた。顔は汚れっぱなし、髪もぼうぼうに伸び放題だった。しかし、サブの眼はキラキラと輝いているとフーは思った。帰り道、サブは奇妙なことをフーに言った。

「おじさん、マリー姉ちゃんが、リリー・クラブの奴らをやっつけてやると言ってたよ。止めてくれよ。あのリリーという女はね、本当に怖い女なんだよ。ダンという用心棒もいるしさ」

フーはサブの言わんとする意味をすぐには理解できなかった。サブにリリー・クラブのことを少し聞いてやっと理解できた。その日、フーのもとへハニーという女が訪ねてきたので、フーはリリー・クラブの本当の恐ろしさを知ることができた。

「ハニーと申します」とその女はフーに言った。サブと別れて海門寺公園に帰ると見知らぬ女がフーを待っていた。その女は藤色の地味なワンピースを着ていた。その地味な服装の中に妙な色気があるのをフーは気がついた。「美しいひとだ」とフーは思った。美しさというものは、いかなる状況の下でも、失われることがない。いかなる境遇に落ちた女でも美の女神は微笑むのである。芳しい薫りが風に匂ってくるようだ。

マリーに言われて来たことをフーは知らされた。フーは彼女の英語力を少しテストしてみた。かなりの英語の知識があった。フーはハニーに問い返した。

「私はあなたに教えることは何もないと思うのですが、ベティには確かに英語を教えました。それにもう一人の……そうキャンディ、それにオリーブという女にもね。彼女たちは

ＧＩにチョコレートをねだる子供たち（昭和20年10月27日撮影、毎日新聞社提供）

全くの素人《しろうと》でした。三人ともマリーが連れて来ました。なんでもリリー・クラブの連中にやられたとか。あなたのことは、ちょっと前にサブから聞きました。私は何もあなたに教えなくてもいいと思うのですが」

ハニーは心優しい女であった。それでもフーにベティやキャンディ、そしてオリーブと同じように教えてほしいと頼んだ。フーはベティに教えたように説明し教えた。ハニーは真剣そのものだった。そして自分から手帳にメモをとった。フーの前で、幾度も幾度も同じ言葉をくり返した。そしてフーに問うた。

「フー様、これでいいのでしょうか」

フーはハッとした。フー様、なんという上品な女なのだとフーはまた驚きの目で彼女を見た。ハニーは礼だと言ってフーに二百円差し出した。フーは百円だけ取ると、後の百円を返した。そして礼を言って百円をポケットに入れた。その金を拒否すれば、ハニーは悲しむだろうと思ったからだ。そして、二度と自分を頼って彼女はここに来ないだろうとも。

フーは決心した。自分はパンパンの教師になろう。そして、この別府にいる限りは少しでも彼女たちのために頑張ってみようと。柔らかい春の光の中で、フーは流し目を隠しつつ彼女に見とれた。彼女の長いうなじは雪の尾根のようであった。

彼女の影が消えるまでフーは後ろ姿を見続けていた。そして急に悲しくなった。涙が溢れそうになった。「ああ、とうとう俺は妙なことをする男になったぞ」と。すると何処からかあの鈴の音が聞こえてきた。チンチロリン、チンチロリン……。フーが悲しみに沈むとき、いつも空の何処からかこの鈴の音がフーの心の中に伝わり、響き渡るのであった。

翌日、フーは朝早くから公園のベンチに腰かけ、鋏をやすりでギザギザに削り始めた。鰻鋏の製作に一日を費やしていた。夕方になるとサブが皿を持ち、ミイがコップを持ってやって来た。サブは皿に盛ったものをフーの傍らに置いた。

「おじさん、これは僕らからのプレゼントなんだ。ミイ、おじさんにあげな。おじさん、このコップの中にはカストリ焼酎が入ってる。コップは後であそこの飲み屋のおじさんに返しておくれよ。この皿にはね、ホルモンという肉が入っている。僕たちが火鉢に金網をのせて焼いたんだよ。その道具はね、お寺のおかみさんから借りたんだ。おじさん、僕五人に話したんだ。みんな鰻捕りに行きたいと言うんだ。いいだろう」

フーは承知した。翌々日の昼前にここに集まるように指示した。何も用意しなくともいい、準備しておくから、それを運んでくれ、と。

夕闇が迫った頃、マリーがフーを訪ねてきた。何かあるとフーは察した。フーはマリーを飲み屋に誘った。そして特別仕立ての鋏を片付けにかかった。マリーが尋ねるので、フーは六人の子供たちと鰻捕りに行く準備をしていたのだと答えた。道具一式をトントン小屋に片付けると、フーとマリーは例のカストリ焼酎屋に入った。

マリーはサブらとの交流を喜んだ。そして話はハニーの件に移った。キャンディ、そして最近マリーのもとへ来たオリーブについて喋りだした。特にハニーの件には驚いた。マリーは一気に喋りだした。フーはカストリ焼酎を飲みつつ、黙ってマリーの話を聞き続けた。

「私はね、リリー・クラブをなんとかしたいと思うんだ」

リリーのこと、用心棒の特攻くずれのダンのこと、その組織力、金の流れ、子分たち、マリーは具体的に語りだした。

「リリー・クラブを別府の町から追い払う方法はないかい。リリーってやつにお礼参りをしたいんだ。奴の鼻柱にメリケンを喰らわしてやりたいんだよ」

フーは考え込んだ。相手はすでに三十人を超える子分のパンパンを持っている。その上にリリーの情夫が用心棒を兼ねている。どう見てもマリーにそれを破る方策はないように思えた。

「マリー、君の言いたいことはよく分かった。ひとつ質問するよ。君がそこまで思い詰めているのには何らかの理由があると思うんだ。万が一の勝ち目を考えているだろう。それは一体何なのかね」

「それはね、リリーと一対一になれば勝てるとふんでるんだ」

「わかった、マリー。さてだ、もうひとつ質問するよ。その自信とやらはどこから出てきたんだろうね」

「それは簡単さ、私は万一の場合を考えて、鞄の中にミニ・コルトを用意しているのさ。そいつを奴の口の中に突っ込めば終わりじゃないかい」

フーは全てを理解した。彼は戦場で数多くの作戦を立てては実行し、ある時は成功し、ある時は失敗した。「面白い、やってみよう」と言った。

「マリー、ひとつだけ忠告する。ハニーやキャンディ、そしてオリーブを決して巻き込んじゃいけない。お前と俺、二人だけでやってみようじゃないか」

フーは、マリーにサブと一緒に翌日の朝九時に公園のベンチに来るように言った。マリーは約束した。

マリーとサブは九時きっかりに公園のベンチに腰かけているフーのもとに来た。フーは一枚の小さな紙に何やら書いていた。マリーはその紙を黙って読んだ。

「サブ、この紙きれを今から裏銀座のリリー・クラブの連中の溜り場に行って、必ずあのリリーか、特攻くずれのダンかどちらかに渡せ。そして読んでもらえ。返事を聞いて来い。俺たちはお前が帰ってくるまでここで待ってるからな」

「サブ、ビビッちゃいけないよ」とマリーがサブの眼を見て言った。マリーはサブにその紙に書いてあることを読んで聞かせた。

「マリー姉さん、確かに俺は小学校もろくに行ってねえが、度胸だけは誰にも負けねえんだ。こんな手伝いぐらいでどうしてビビッたりするんだい」

サブはそう言い残すと、裏銀座のリリー・クラブへと走り去った。

その紙きれには、次のように書かれてあった。

(今晩八時、キャンディの大事なところにマッチで火をつけた場所でお前を待っている。勝負しようぜ。マリー)

リリーとダンは朝食をとっていた。サブが紙きれを渡すとリリーが先に読み、ダンに渡した。

「わかった」とリリーが一言、サブに言った。

サブは少し心配になった。二十分もするとサブは帰ってきた。

「マリー姉さん、大丈夫かい」

マリーは笑っていた。フーはサブに事もなげに言った。

「サブ、お前も男じゃないか。マリー姉さんがやると言ってるんだ。信じろ。負けるわけないだろう」

それからフーは、マリーに作戦を説明した。フーは地面に竹の棒で何やら簡単な図を描いていた。

「夜七時になったら、またここに来るよ。サブも一緒にな。前祝いをするんだというあんたの男気に惚れたよ。一杯飲んで出かけようぜ」

夜七時、フーとマリーはカストリ焼酎のグラスを合わせて乾杯した。サブもラムネを合わせて二人に加わった。フーはサブに先に行って近くに隠れているように指示すると静かに時を過ごし、何ひとつ持たずにマリーと外へ出た。月夜だった。風はなかった。二人は黙ってリリーとダンに指定した場所へと向かった。北浜海岸のはずれの雑草が生い茂る場所に着くころには八時になろうとしていた。月が雲に隠れた。暗い。

一人の男の影が見えた。フーとマリーはその男の影を誘導するようにゆっくりと海辺に近い場所へと移動した。ダンはいつものように太い竹根ぶちを持っていた。彼は飛行服に半長靴、首には白い絹のマフラーを巻いていた。そのダンの姿にフーはかつての特攻隊員の若者たちを思い出していた。戦争はまだ終わっていなかった。ダンのような復員兵たちが、仕事もなく輪タクの連中と組んでポン引きをしたり、テキ屋のために金を巻き上げるような仕事をしていた。別府は特に復員兵くずれが多かった。「ダンめ、とうとう年貢の納め時だな」と、フーは唇に薄ら笑いを浮かべた。

「マリーとはお前か」とダンは太い声で言い、半長靴のカカトを鳴らしながらマリーに近づいた。フーは二人の会話を一歩下がって聞いた。

「そうさ、お前はあんな女の用心棒をしてよくもぬけぬけと生きておれるな。、女たちのガリを掠《かす》めてさぞかし面白かろうが、あたしたちはちっとも面白くねえ」

マリーはダンを挑発し続けた。気づくと男の後ろからリリーが近づき、その横に立った。リリー・クラブの連中が約三十人、リリーの後ろに並ぶようにして立っていた。フーは「しめた、うまくいったぞ」と内心少し安心した。すでにフーは芝居の最終場面を想定することができた。「たぶん、こうなるだろう」とフーは身を斜めに構えた。一瞬の動きを上手にやりとげるためであった。マリーは今度はリリーを挑発した。

「やいリリー、四十づら下げてパンパンして面白いか。この馬鹿女め！　おい、後ろに立ってる若いパンパンたちよ。お前たち、こんな馬鹿野郎の二人の手下なんぞにならんで、さっさと消えな。別府の町はね、昔から女の色町でね、街頭に立って商売する女に指一本触れちゃいけねえという決まりがあるのを知らねえのか」

マリーが喋り続けているうちに、ダンはマリーの顔面に竹根ぶちをかまそうとした。その瞬間であった。フーが空中に舞い上がり、あっという間にダンが振り上げた竹根ぶちを左手で地面に叩き落とした。そして、もう一方の彼の右手はダンの首を締め上げた。左手の指はダンの眼を今にも突き刺さんとしていた。フーはリリーに言い放った。

「リリーとやら、よく見ろ。お前の用心棒はこんなに弱いぞ。めくらにしてやろうか」

マリーはバッグからゆっくりとミニ・コルトを出すと、じりじりとリリーに詰め寄り、彼女の口の中に銃口を突っ込んだ。そして、マリーは三十人を超えるパンパンたちに命令した。

「今も言ったろう、この別府の町は女たちの町だ。昔から街頭に立って商売する者にはどんなヤクザも手出しできなかったんだ。教えてやろう。ここは天領だったんだ。ここには江戸時代から〝別府御法度《ごはっと》〟なるものがあったんだ。いいかよく聞け！　その中に、街に立って商売する女から銭を巻き上げてはならぬという法があった。だからリリーは法を破ったのでピストルで私が処罰する。やいパンパンたちよ、リリーの味方をするとリリーと同じ運命になるぞ！　幕の引き方が遅れちゃいけない。さあ、すぐリリー・クラブの溜り場をぶち壊せ。そして今日から自由にアメ公とやれ！　自由を取る奴はさっさと去れ！」

一人の女が残った。そしてマリーに聞いた。

「そんな法が別府にあったんか」

「あった。本当にあった。江戸幕府がちゃんと定めた別府御法度なるものがちゃんと残っている。この法は今も生きている」

マリーは真剣な表情で、怪しがる女に堂々と告げた。

「有難いことです。そうでしたか。本当に有難いことです」

最後に残った女は幾度も幾度もマリーに礼を言った。そして何を思ったか、両手を夜空に向けて高々と突き上げた。そして叫んだ。

「マリー、万歳！」

再び風の吹かない月夜の静かな世界となった。フーはダンを高々とかつぎ上げ、海の中へと放り込んだ。そしてあっぷあっぷしながら必死に岸に揚がってきたダンに言い放った。

「別府御法度に背いたので、天に代わってお前を処罰する。覚悟はいいか」

ダンは萎えるように座り込んでしまった。フーはそのダンの首を持ち上げた。

「だらしのねえ野郎だ。まだ若いじゃねえか。もう一度人生をやり直せ。さあ、今すぐこの別府から立ち去れ」

ダンはへなへなと立ち上がり、歩き出した。

「お前が別府駅から汽車に乗るまで、サブが見届ける。さあ、すぐ行け。もし裏切ったら今度こそ生きてこの世に帰れねえぞ。サブ出てこい。こいつの先頭に立って命令しろ。サブ、その竹根ぶちを拾え。さあ、行け」

フーはマリーに言った。

「俺たちは、このダンという野郎が裏切らないか、後ろからゆっくり歩いて行こうや。この用済みの女はそのままにしておけ、さあ急ぐぞ」

マリーはフーの後を追いつつ語りかけた、優しい心を示しながら。

「フーさん、あんたすごい男だね。この芝居とっても面白かったね。あんたと一緒にいると、もっと面白い芝居が見られそうだね」

この時からフーはフーさんになった。リリーは泣き崩れていた。フーはあの特攻くずれダンの後ろ姿に崩れゆく日本の姿を見た。その男の憂いの後ろ姿には絶望が植えつけられていた。ダンよ、俺もお前も、戦争を仕掛けて今ものほほんと生きている〝あいつ〟の犠牲者なんだと声を掛けてやりたい気持ちになった。

フーとマリーが公園に帰るとサブとミイがベンチで待っていた。ベンチの上の藤棚の蝶の形をした紫色の花穂が風に揺れていた。マリーはサブに礼を言った。サブは興奮していた。ミイに事件の全てを話していた。と、ミイがフーに問いかけた。

「フーおじさん、明日魚捕りに行くの。雨が降るかもしれないとサブ兄ちゃんが言うからね、私、煙草の包み紙でテルテル坊主を作ってきたのよ。これを軒下に提げて歌うと天気になるというから、フーおじさんのところに吊るしてよ」

フーはあえてミイに聞いた。ミイの歌声を聞いてみたかったのだ。

「ミイ、どんな歌を歌うと天気になるんだい」
「フーおじさん、あのね、あのね」と言ってミイは歌いだした。

テルテル坊主　テル坊主
あした天気にしておくれ

別府御法度などというものは存在しない。マリーが勝手に作った法である。しかし、法は形を変えて今の別府に生きている。今日においても別府は、世界でも稀な、街頭に立って商売する女たちがヤクザの組織から金を一銭も要求されない町なのである。その理由を求めるとき、私たちはリリー・クラブの解散にその遠因があるのを知るのである。

もし、リリー・クラブが大きな力を持ち、より強力なヤクザ組織と結びついていたら、別府の町にもパンパンや他の売春婦から強制的に収奪する何らかのシステムが生まれていたであろう。もし、そんな馬鹿なと思う人は、暗闇にそっと立つおばさんやお姉さんに問うてみるがよかろう。真実は歴史書の中だけにあるものではない。

昭和二十四年（一九四九年）八月二十日、別府市は「街頭における売春取締条例」を制定した。脇鉄一市長は「午後九時から遅くに町を散歩すれば、この条例の必要を誰でも痛感するだろう」と市議会で説明した。この条例は日本中の都市で制定されていく。その最初が別府であった。

なお、リリー・クラブと名乗る組織が昭和二十五年十月五日、別府警察署に摘発されている。そのクラブの長の女と常任顧問の男が逮捕された。パンパンや女郎たちのもめごとを処理するとしてつくられた〝会〟の一つであった。しかし、このクラブはリリーとダンの組織とは無関係である。あのリリー・クラブの解散後、同じような暴力的パンパン組織は消えた。これは、パンパンにとってほんの少しだけ役に立ったにすぎない。相変わらず彼女たちの人生は多難そのものであった。

リリー・クラブはかくて消滅した。しかし、問題は残った。ハニーが、父親の定かでない子を身籠ったのである。マリーはハニーを海門寺公園近くの産婦人科医のもとへ連れて行った。そしてハニーの嘆きの過程を見続けた。そこにマリーは、永遠に語りえない生命が闇の中に葬り去られていくのを見た。マリーはまた、先祖とは無縁の未生《みしょう》の水子に対する哀しみをハニーの涙の中に見た。マリーはハニーに語りかけた。

「医者に頼んで、木箱か何かに水子を入れてもらいな。その水子を無縁仏の墓地にそっと埋めてやろうじゃないか。そして、供養をしてやろうよ」

生と死との境界線上を彷徨《さまよ》った未生の生を二人は悲しんだ。そして、野口原に密かに葬った後、二人して身代わり地蔵菩薩に手を合わせた。生まれてこなかった胎児の未来なきドラマに二人は女の性の悲劇を知った。

「ハニー、今度は仕方ないよ。しかし、これからは気をつけてセックスするんだね。まずは自分の生理を知ることさ。バタフライ前後によく洗浄しとくのはイロハのイだ。そして、危ない時は相手にゴムを使わせる。いつもゴムをハンドバッグの中に入れておくんだ。要はね、自分の膣の中に精液を入れさせないようにしてさあ、出来るだけ身籠らないようにしな。

この商売は命懸けなんだ。だから私はね、オンリー指向の女にいつも言ってんだ。簡単にアメ公に惚れちゃいけないとね。惚れりゃあ子供が欲しくなるからね。ハニー、惚れても子供だけはつくらないように気を付けな」

ハニーはマリーの親身な言葉に感謝した。そしてマリーに苦しい胸の内を打ち明けた。

「マリー姉さん、産まれることのなかった子の霊が崇らないように私は祈りました。生きるのはとても辛いことです。しかし、生き続けるしかないと思います。私は、何処かに出口があると信じて生きていきます」

ハニーは必死になって己の身に振りかかった悲哀と苦悶を振り払おうとした。マリーはハニーを勇気づけた。

「ハニー、人生はこれからさ。あんたはきっと素晴らしい人生を送れるよ。私には説明できないがね、あんたの未来が明るくなっていくのが見えるよ」

二人は海門寺公園へと向かった。

夕日が鶴見山に沈みかけていた。二人は振り返って落日をしばし見続けた。日は落ちた。暗くなった。マリーは眼に見えないもの、形のないものを捜し求めていた。「心」を捜し求めていた。そのために、「外への装い」を捨てたのである。内なる炎が彼女の心を動かしたからである。人の悲しみは、その舞台の広さに応じてより深くなる。悲しみから顔を背けてはならない。

もし、顔を背けると、人は心の中に何かが憑依してくるのを知るのである。悲しみの心は閉ざされて暗い。だからこそ、心の窓を開こうとしなければならない。真白い光が射してくるかもしれないからだ。

マリーはある子守歌の一節を歌い出した。

親のない子は夕日を拝む
親は夕日の真ん中に

「ハニー、あんた両親がいるんだろう。いいことじゃないか。私はね、この子守歌を歌って生き続けてんだ。自分の運命を嘆きながらね。でも、同情なんか求めやしない。ほら、日が沈むだろう。この落日はね、明日の朝、別府湾からまた昇ってくるんだ。だから私はね、毎日生き続けることができるのさ」

ハニーはマリーの意外な言葉に驚いた。そして、マリーが自分に生き続ける力を授けようとしていることを知った。ハニーはマリーに心の内を語った。

「姉さん、生きるということは、お経の中に充分に説き尽くされている有難さに似ていますね。本当は何も説き尽くされていないのに。私は、物語を生き続けるしかないんですね。自分で悲しんで、そして喜んで……」

「ハニー、お前の言う通りさ。あの身代わり地蔵菩薩はさ、自分の心の中に悪があることを教えているんだ。だからその悪を見つけて棄てないといけないんだ。どんな境遇の中で生きようとさあ、懺悔をして悪心を断ち切ろうとしないといけないんだ。

ハニー、あんたはいい女になるよ。自分自身で、自分自身の物語を創り出していくのさ。それが生きるということさ。波は寄せては砕け、夢は破れては結ばれるのさ。命の波は消えることはないんだ。だから、決してジメジメしないことさ……」

海の門への侵入者たち◉第六章

別府は温泉町である。観光、風光明媚、慰安という奇麗な言葉だけでは表現できないものが残る町である。「欲望」という言葉が敗戦後の別府を語るに相応《ふさわ》しい。この欲望の町・別府に、暴力団（組織暴力団という言葉は国家警察の造語である。通称はヤクザ）がいたのは当然と言えば当然である。ここでは、ヤクザという言葉を使用する。

「海の門」の舞台となる別府のヤクザについて書くことにする。舞台装置を知ることなくしては舞台の俳優たちも見物人も真の喜びに到らないからである。

別府のヤクザの代表は井田組であり、後に石井組へと権力が移行していく。敗戦後の十年間は、井田組の天下であったと言ってよい。

兄の井田与次郎と弟の井田栄作はともに北海道生まれ。サーカス団に入り全国を旅していて、ふと別府に流れ着いた。昭和十年（一九三〇年）頃のことである。露店商人となり、少しずつ力を蓄えていった。

兄弟ともケンカ早い性格の持ち主であった。あるとき、料理屋から依頼され、暴れ廻る客を店から追い払ったことにより、その実力を買われるようになった。水商売人の間で役に立つ男として認められたのが、組織をつくる契機であった。

兄・与次郎は、福岡県飯塚市の川筋親分深田行次郎の子分にピストルで撃たれたが、九死に一生を得た。深田行次郎は戦後も反・井田の立場から別府のヤクザ組織を背後から操った男である。

井田兄弟は、刃傷事件を引き起こし、少しずつ勢力を伸ばしてきた。永松某、伊藤三郎、三好権太……等、兄弟が日本刀や槍を持って闘ったケースは多い。兄与次郎は「切られの与次郎」、弟の栄作は「喧嘩の栄作」の異名を持つ。井田組の組長は弟の栄作であったが、実質は兄が「本店」で弟が「支店」であるというのが当時からの通説であった。

かくて舎弟も増え、九州各地の親分衆と兄弟の盃を交わすようになった。終戦後、その舎弟は三百人を超えた。

一方、料理屋、旅館、ホテルの世界に力を持ち続けた男がいた。即ち、このサービス業界に毎月、いくばくかの金を要求できる男である。その男は滝本力太郎（敗戦時四十四歳）である。昭和三十九年（一九六四年）十一月、滝本は九州調理師会連合会から調理師会の最高の栄誉のひとつと言われる「包位賞」を授けられた。調理師であり、物静かな男であったが、別の一面を持っていた。彼は別府の料理屋、旅館、ホテルで働く料理人をほぼ完全に支配した時代があった。別府一の料亭「なるみ」も、盆暮れの付け届け（交友費）を欠かさずに挨拶として応分の費用を出していたのである。滝本は自らは動かなかったが、応分の費用を払わざるを得ないように工作していたのである。

滝本は明治三十四年（一九〇一年）、高知県中村市に生まれた。二十二歳のとき、別府に来て浜脇の米道旅館、流川の鶴の屋ホテルなどで働いた。

昭和二年（一九二七年）、二十六歳のとき、市内羽衣町に県下初の「別府市調理師紹介所」を設けた。やがて、「大分県割烹調理師豊友会」の会長となった。滝本は映画館「羽衣松竹」を経営していた時期もある。この映画館で石井組二代目組長の秋山潔がキップ売りをしていた。また、石井一郎は滝本のもとで生活していたこともあった。滝本組を形成することはなかったが、組長とみられていたことは事実である。

料理人がヤクザ組織と深く結びついているというわけではない。「なるみ」は交友費を滝本に提供した。それは業界の交際、因習を重んじたからである。しかし、この「なるみ」の料理長を勤めた小川清（後に「本家小川」を経営）は、滝本一派から料理人を入れることをしなかった。

桑原武は桑原組の組長であり、井田栄作の舎弟でもある。戦後、約百人の子分がいた。彼は井田栄作の代理人として露店商の取締まりをして組織を拡大していった。井田与次郎は観光事業に進出し、弟の栄作は市会議員となり、三百名の子分を維持したものの、実際のテキ屋システムを桑原に代行させたのである。

井田と桑原が戦後、一大勢力を別府で形成していったのには大きな理由がある。昭和二十一年（一九四六年）二月六日、警視庁第二号「臨時露店取締規則」により、それまで認可されていた者以外は、戦傷者、戦死者遺族、身体障害者、戦災に遭った小売商のいずれかに該当する者に限る、となった。

なお、出店資格者はまず、警察にその旨を届け出て許可を受ける。そして地域の組合支部所属の組を通じて組合本部に入会金、組合費を納めることになった。

この規則がどうして出来たかという歴史を少しだけ書くことにする。

戦後、新たに登場した解放国民たちによる闇マーケット（海門寺、松原など）と、新しく生まれてきた新興暴力団による露店街を、警察庁が戦前からのテキ屋組織を用いて防ごうとしたのである。これは、警察とテキ屋が手を握りあったということである。

では、別府の場合を見てみよう。井田栄作は桑原武を別府露店商組合長にし、自らは何もしないで桑原を通じて、露店商たちの入会金、組合費の一部を得ることにした。別府警察の全面的支援を得た桑原は、露店商組合に入らない露店商を警察に摘発させる法的な力を持った。そして新しく入る露店商から合法的に入会金と組合費を得た。ここには、かつてのテキ屋としての裏街道的罪の意識は存在しない。桑原組の一部、そして解放国民の一部が経営する松原公園と海門寺の闇マーケットの追い払いに精を出すようになるのである。

桑原武は一面は警察の力を得て合法的に、また別の一面では国家が暴力団に指定するほどの行動をするのである。昭和二十八年（一九五三年）八月十四日、大分地検は県警と市警の協力を求め、桑原武を逮捕した。組合公金四万円余を横領したからである。彼は、かつての別府を代表したネスゴロウである。ヤクザではないが、さりとて堅気でもない。別府には桑原のような人間が沢山いた。そして現在でもネスゴロウ的人間が多いのである。名は書かない。市議会議員の中にかなりの数で確かにネスゴロウ的人間がいるとだけ記しておきたい。

博徒仲間のボスとして杉本治がいたが、彼は組を組織するほどの力を持たなかった。しかし、彼は福岡の博徒、川筋の大親分と言われた前述の深田行次郎の子分であるゆえ、井田栄作は彼の行動を大目に見るほかなかった。

戦後、チカマウガ建設に参加し、土木請負業で大金を得て、その財力で子分を養って大きく勢力を伸ばした博徒がいた。名を大西宇治郎（敗戦時四一歳）といった。彼は料亭

「竹葉」を経営していた。

大西は土建貴族たちを「竹葉」に迎え入れた。そして彼らを交えて、賭場を開帳した。

大西宇治郎は、桑原武が海門寺公園のトントン小屋に住む住民たちに、新しい授産場を建設してやるとぶち上げたり、孤児たちの施設を建設すると言って、市内の多岐にわたる人々から寄付金を集めているのに注目した。そして、自らもひと仕事して大金を得ようと思った。ある日、大西は滝本力太郎と大川茂（マージャンクラブ経営。マージャン店全店から交友費を集めていた、別府マージャン業界のボス的存在）の二人を料亭「竹葉」に呼びつけると、二人に次のように命じたのである。

「俺は別府の街に溢れる戦災孤児たちの救済事業に積極的に乗り出すことにした。君たちもこの事業に参加してもらいたい。ついては、各料理店や旅館やホテルで君たちがやっている賭場の上がりのテラ銭の三割を俺に渡して欲しいんだが、どうかね」

二人は大西の力の前に屈せざるを得なかった。土建をやる荒くれ男を数百人抱える大西と闘っても勝ち目はなかったのである。

昭和二十二年二月十日、大川はマージャンクラブの開店披露の酒宴を張った。その席で杉本の盆を立てる話が出た。大川の配下の南富夫（当時三十九歳）が使者となり、大西組世話役阿南方へ賭場開張の申し入れをしたが、けんもほろろに断わられた。激怒した大川は、杉本、大西組に喧嘩状を叩き付けた。同日午後八時過ぎ、大川は息子の大川忠明、子分の大枕弘、安藤義員と一緒に槍、日本刀、ピッケル等を持って大西組の本拠の料亭「竹葉」に乗り込んだ。東映ヤクザ映画の世界が展開された。大西組もピストル、日本刀で応戦した。この乱闘は約三十分続いた。殴り込みをかけた大川組長と安藤は、この乱闘で死んだ。その他重傷者三名、軽傷者一名であった。

この事件はその後の別府のヤクザ勢力図に大きな影響を与えた。大西宇治郎は勢いを急速に失っていった。テラ銭の三割を得ていた資金源も失った。土建業に就かせていた子分たちは基地完成によって職場を失い、別府を去っていった。大西は昭和二十四年の夏、アメリカ兵と乱闘し、ピストルで兵隊の大腿を撃つ事件を起こした。この事件の後、ヤクザ世界から遠ざかっていった。滝本力太郎は賭場を開帳する恐ろしさを知って少し静かになった。杉本も同様に賭場の開帳に慎重になった。桑原は正規に加入した露店商から組合費を得て、その勢力を維持し続けたが、昇り調子というわけにはいかなかった。

別府に新しい勢力が誕生してきた。それは神戸から、別府の〝海の門〟へとやって来た男たちであった。

山口組三代目田岡一雄が別府に送り込んだ男が海門寺マーケットに住み着いて、子分を集めだした。この男、小西組組長・小西豊勝について書くことにしよう。

小西とその子分たちは、関西汽船に乗り込んでサイコロ賭博をするのを最初の商いとした。そして海門寺を根拠として勢力を拡大していった。サイコロ賭博で小西は大金を手にした。警察もついに動かざるを得なくなった。だが彼らは検挙されることはなかった。小西は賭博で得た大金の一部を警察内部にバラ撒いていたからである。昭和二十二年に小西は別府の海門寺を根拠として小西組を形成してから、別府警察署のT部長、そして色気たっぷりのY婦人事務官をよく料亭に誘って宴会を催した。

彼らに連れられてヒラ警官も次から次へと宴席に加わった。その女事務官が色気たっぷりに酌をして回るのを小西とT部長はことのほか喜んだ。宴会が終わると小西は山ほどの土産を渡した。こうして厳秘のはずの警察情報が漏れていったのだ。

小西は、やがて海門寺公園で行われる街頭賭博を演出するようになった。神戸から多くの博徒が海の門に入り、海門寺にやって来た。彼はまた、数多くの遊戯場に子分を送り込み、堂々と「テラ銭を出せ」と要求した。

パンパン・ダンサーの中心的存在の「立花ダンスホール」に子分を送りつけ、イチャモンをつけた。当時、遊戯場のキャバレー等の許可を認める市政の権限は井田栄作が握っていた。彼は、市議会議員、商工会議所会員の地位をフルに活用していたのである。

この既成の組織暴力団井田組に真っ向勝負を挑んだのが、小西組であった。あのハニーが強姦された「立花ダンスホール」に交友費をよこせとイチャモンをつけたのは、小西組の配下の〝関東の鉄〟こと岡本鉄也であった。

また、井田組にとって打撃となる出来事が起こった。井田栄作の舎弟分であった永江啓之が小西と兄弟分の盃を交わしたことであった。この男の変心が井田組と小西組の抗争の発火点となった。

以上、昭和二十三年ごろまでの別府の組織暴力地図を見てきた。


それでは少し横道に逸れよう。小西豊勝が別府進出の切っ掛けとなった別府－関西を結ぶ関西船路におけるサイコロ賭博について書くことにする。ヤクザの大胆さと、それを摘発しきれない警察のだらしなさを見る。別府がネスゴロウ的な人間に支配されてきた様子を知るためにも。

昭和二十二年五月七日、大分、愛媛、香川、兵庫、大阪の五府県警察本部は、別府発の那智丸（排水量千六百トン）船上におけるサイコロ賭博を摘発することにした。

午後三時三十分、別府桟橋付近にいた十名の私服武装警官が、一般客を装って船内に紛れ込んだ。乗船客の大部分は、別府の街で過ごして阪神方面に帰る人々であった。桟橋では別れを惜しむ出船の情景が演出された。別れのテープが海を跨ぎ、出船のドラの音が鳴り渡った。警官たちは捕縄、手錠を本部に置いて、絶対に警官であることを見破られないようにして二等船室の五号室に入った。

リストにのせた要注意人物四名は、三等後部船室左側に陣取っていた。船が佐賀関の煙突を右に見ながら航路をやや左方に変えて、豊後水道の急潮を乗り切ろうとする頃、例の四人組は後部甲板に上っていた。

「今日はアカン、何やらアカン、だいぶ乗っとると違うか」

四人とも凄みのある人相で、髪は前方だけ高く、後ろは短く刈り込んだ通称〝博徒頭〟である。彼ら四人は純白の腹巻をきりっと締めていた。彼らは花札を始めた。しかし、一般客を誘い入れず、金品を賭けないで続けた。結局は、素人《しろうと》で花札賭博をやっている連中が捕まっただけであった。

田岡一雄が山口組三代目組長を襲名したのは、昭和二十一年の夏である。田岡は積極的に組を拡大した。当時、神戸市生田署管内の博徒だけで五、六百人はいたという。田岡自身も博徒であった。しかも花札賭博の名人であった。

神戸警察署は、博徒の弾圧に乗り出した。北は北海道、そして近畿、中国地方へと彼らは逃げ出した。主として中国地方に逃れた博徒の中から、賭場を阪神－別府の瀬戸内海航路で開く一派が生まれた。彼らは警戒手薄な船上で我がもの顔に振る舞ったのである。この中の一味が、別府に根づく〝海の門への侵入者〟となったのである。ではもう一度サイコロ賭博の船に注目しよう。

その翌日午後三時、「すみれ丸」が神戸港を出た。大阪から乗ってきた神戸水上署の私服警官が連絡に来た。大阪から二十名近い博徒団が三等船室に乗り込んできたというのだ。神戸－高松間が彼らの稼ぎ場所である。五十を越えた親分を真ん中に、二十歳ぐらいの若者ばかり十七、八名が、超満員の船客が隅の方にスシ詰めにされた一方で、中央のほぼ半分を広々と占めている。縄張りの中に足一本踏み出そうものならただではすまさないと、フンゾリ返っている。刑事たちもそれと気づかれないように一般乗客と一緒に小さくなっている。

博打が始まるのは、船の夕食がすんだ午後七時頃からだが、七時三十分になっても始まらない。午後八時、刑事たちの間に重大ニュースが入った。船のボーイが武装警官の乗船を一味に密告したというのである。それから数分たつと、グループの若者の一人が中央に立って大見栄を切った。

「なんでや、大分県の巡査がこない遠くまで手ぇ出しやがって、いらんことせんと、ひっこんどったらええのに……。かまわん、やったれ、やったれ、ピストルがなんでぇ、射殺権あらへんのや、大分の刑事、ネバイやつやな。こない目に遭わされたらワシらメシ食えへんわ……」

彼らは仲間内だけの花札を金を賭けずに十一時過ぎまで続けた。すみれ丸が高松－別府コースに入るころ、内海に朝がやって来る。バクチ連中は朝飯を食いだした。刑事の一人が後部三等船室の前に立ち大声をあげた。「皆さん、船客の一部に乱暴を働いたものがありますが、被害を受けた方はありませんか。インチキバクチに係わらないように注意して下さい。今後は、どの船にも武装警官が十名ないし、二十名乗ることになっていますから御安心下さい」

正午、すみれ丸は別府港に着いた。

この事件以降、小西組は方向転換する。新しいシマ建設というわけである。海門寺マーケット内の小西組に愚連隊の連中が加わっていった。そして、彼らはパンパンの最大の城の立花ダンスホールを実質的に支配しようと計画を立てたのである。このダンスホールのダンサーたちは、殆どパンパン・ダンサーと化していた。ＧＩたちは踊りに熱狂し、パンパンたちに多くのチップを渡した。当初は別府勤労署の肝いりで設置されたのだが、今ではは大量のダンサーが募集しなくても集まってきた。パンパン・ダンサーはＧＩたちを自分のパンパン・ハウスへと誘った。また、ハウスを持たない者はパンパン・ホテルへ連れ込

別府桟橋の出港風景（『二豊今昔』より）

んだ。

海門寺公園の前に、南山荘という当時としては立派な外装のホテルが建った。市長、市議会議員、町の有志たちが集まり、盛大な開業セレモニーが開かれた。パンパン・ホテルの誕生であった。すべてが四帖半ほどの部屋。中にはトイレとダブルベッドがあるだけであった。しかも、外人向けの特大サイズのベッドだった。

パンパンたちも当初は木賃宿に泊まっていた。彼女たちの中で、海門寺公園近くの人々と交流した者がいた。貧乏な時代であったから、二つある部屋の一つを貸す人が増えた。こうして、パンパン・ホテル、パンパン・ハウスが海門寺公園を中心に増えだすと、もう、あっという間に別府中にパンパン・ホテルとパンパン・ハウスが広まった。別府のはずれの湯山にもパンパン・ハウスが数十軒あったのである。

パンパン・ハウスには、二種類あった。一つはパンパン自らが借りるものである。これは普通の民家の一部屋を借りるものが多かった。次は一軒家を利用するものである。貸席の女郎のように女をハウスに住まわせ、輪タク、ポン引きとのセットで経営するシステムである。マリーがこのシステムに猛攻撃を加えたのは前に書いたとおりである。

ポン引きとパンパン・ハウスはヤクザ組織と結ばれていく。パンパン・ハウスは、市内に数百軒にのぼり、一軒あたり平均二名ないし三名のパンパンを抱えていた。一人から月に五、六千円の家賃を取る者もいた。また、彼らハウス経営者の大半は占領軍物資のブローカーをやり、暴利を貪っていたのである。

白いスーツできりりと決めてメッシュの革靴を履いたポン引きが、夜の町で怪しげな英語でGIらに声をかけ、輪タクに乗せてハウスへ運ぶ。パンパンは一晩に十人も二十人も客をとらされた。そしてVD（性病）患者になり、死んでいく者が多かったのである。

昭和二十六年十一月、法務府特審局は「全国博徒、的屋《テキ》、不良等の団体名簿（昭和二十六年三月三十一日現在）」を発表した。今風に言えば「組織暴力団の名簿」となろう。その中の大分県の部をそのまま掲載しよう。

井田組　的屋　佐藤組　桑原組　別府市速見郡国東郡一円
別府市流川三丁目　井田与治郎
別府市流川　井田栄作　佐藤茂　桑原武
三〇〇名

佐藤組　的屋　井田組　別府市速見郡東国東郡一円
別府市　佐藤茂　別府市　塩田哲次

塩谷隆俊　是永輝彦　桑原武　久住吉寿
二〇〇名
桑原組　的屋　別府市速見郡東国東郡一円
別府市裏銀座　桑原武　別府市　久住吉寿
小河国男
一〇〇名

この報告書は、国家の公式の書類である。別府の町がいかに組織暴力団の強大化した町であったかが、この報告書で理解できよう。

井田組の子分三百名は、全国的に見てもトップクラスである。子分二百人以上を見ても全国で二十二しかない。なお、井田組組長は別府では井田栄作と言われるが、本当は兄の井田与次郎であった。国の報告書は正しい。

ちなみに、当時の最大組織暴力団は大島組（神戸市）で、子分一万人を擁していた。この時期の山口組はまだ五十人にすぎない。田岡一雄は直接の子分（直参《じきさん》）を少数しか手元におかず、間接的に子分を支配したためである。本格的に田岡の時代がやって来るのは昭和三十年代に入ってからである。この時代、田岡の舎弟石井一郎の石井組も、田岡とともに勢力を九州一円に拡大していくのである。

ここで注目したいのは、別府の三つの組が複雑に絡み合っていることである。桑原武は桑原組の組長にして、井田と佐藤の子分というわけである。当時としては非常に稀なケースである。しかもこの狭い別府の町の中でのことだ。桑原武のような人物が別府を代表するヤクザと言ってよかろう。しかし、彼の立場がどうもはっきりしない。半分根無し草のようであり、それでいて、慈善事業にも参加するのである。桑原武は昭和二十二年の冬、海門寺のトントン小屋に住む六十五人、上人海岸のバラックに住む百五人を別府市民とすべく、配給通帳を交付するよう市に働きかけ、これに成功している。また、別府警察署の依頼で浮浪児百数十人に無料で映画を観せたりしている。そういう善行もまだまだ数多くある。この人物はまことに不思議な人物としか言いようがない。しかし、彼は別府的な人物、ネスゴロウであることに違いあるまい。

桑原武は善行を行う一方で、裏銀座に愚連隊的人物を多数集め、露店から組合費の上乗せを要求したり、従わぬ者には御礼参りをさせている。また、靴磨きの孤児たちからも金を取るよう、子分たちに指示している。このタイプの人間が現在でも別府に多いのは、別府の風土ゆえであると言って、簡単に片付けてはいけないのだが……。

金目の物があればすぐに飛びつく。あの当時、脅し取ろうとすればいくらでも脅し取ることができた。貸席、料亭が繁昌していた。それに、バー、クラブ等も景気がよかった。GIたちが金を湯水のように使い、その金がぐるぐる回っていたのである。

なお、法務府の資料には、小西組が記載されていない。昭和二十四年十一月三日、配下の石井一郎らに小西豊勝は井田栄作を襲撃させる。その事件の首謀者として、教唆の罪で小西豊勝は逮捕される。翌二十五年十一月三十一日、法務府特審局は、団体等規正令を発し、暴力主義的団体として四団体に強制的に解散を命じた。その中に小西組が入っていた。当時、日本国中で暴力団同士の抗争事件が数多く発生した。しかし、その中でも凶悪なる暴力団として、国家が命じた四団体の一つが小西組であったということに注目したい。当時、別府の町が危機的状況下にあったということである。

では、この別府の危機そのものであった小西組と井田組の事件を書くことにする。

昭和二十四年十一月三日、その日松原公園一帯には公園の前の芝居小屋、松濤館で開かれる当代一の人気浪曲師寿々木米若の幟《のぼり》に交じって井田興行社の幟も立った。当時、寿々木米若の「佐渡情話」は、多くの人々を熱狂させた。

……ハアー佐渡とォ柏崎は棹さしやァとどくよ　なぜにとどかぬゥー　わがおもい……

その人気は、現代の演歌歌手の比ではない。この興行を打ったのは井田組であった。

夜九時四十分ごろ、井田栄作は寿々木米若の労をねぎらった後、子分も連れず一人で外へ出た。そして、楠通りへ向かって数十歩歩いたとき、突然数名の男が井田を短刀、日本刀、棍棒などで襲った。顔面、胸部など六カ所を刺された。その場に居合わせた通行人たちが、全身血まみれになって倒れた井田を抱きかかえ、数百メートル先の内田病院へ担ぎ込んだ。凶行現場は別府市内の繁華街で、多くの人々はパニック状態に陥った。刺された男が井田栄作であったからだ。

約二十分後の十時ごろ、速見郡杵築町衆楽館内・石井一郎（二十四歳）、別府市内露天商・春日利博（二十三歳）、市内銀座街・正藤安一（十九歳、仮名）の三名が別府署に自首した。凶行に使用した短刀、ジャックナイフが押収された。五日夜十時ごろ、小西豊勝小西組組長（三十九歳）が殺人教唆容疑で逮捕された。同時に鶴水園の用心棒の岡本鉄也も逮捕された。手嶋別府警察署長は「小西は終戦後、別府市で小西組を組織し、市内露店街で街頭バクチをやったり、現在まで同氏関係の無銭飲食、恐喝など十件の被害届が市警に出ている」と発表した。
翌二十五年四月、井田市議襲撃事件に求刑が出た。岡本鉄也（懲役六年）、春日利博（同四年）、石井一郎（同四年）。
昭和二十五年十月三十日、法務府特審局は団体等規正令により、小西組と子分約二十名に解散命令を出した。解散理由書は以下のごとし。

小西組は昭和二十三年夏ごろ、別府市海門寺マーケット（二十九号）小西豊勝方にテキ屋および自己の縁故者とともに結成、闇市盛り場一帯を根城として勢力を増し、また、地廻りの顔役永江啓之を押さえて舎弟分とすることにより力を得、岡本鉄也、または杉本忠治、春日利博こと松本昭治、石井一郎、松本松吉、佐藤雅康、小西豊、小西勝治、西山一巳、川本新之助ほか十数名で構成。脅迫、暴行などをほしいままにし、別府市民の平和を乱していたものである。

また、団員の罪状についても説明文が添えられている。当時の国家権力が別府に注目していたことが理解できる記録である。

楠本町商店街（昭和26年撮影、『二豊今昔』より）。
別府ヤクザやネスゴロウたちが跳梁した界隈。

団員の罪状については、親分小西豊勝が昭和二十四年二月、立花ダンスホールで、子分西山某の裁判における証言が悪いと同ホール経営者矢野スエさん、市宮昭夫さんに因縁をつけて脅迫、同月中旬ごろ矢野さん方に押しかけ、矢野さんの面前で子分を殴打することにより、矢野さんを脅迫した。両事実により昭和二十五年六月、懲役六カ月を大分地裁で言い渡されて服役中だが、その他、前記名前を挙げた子分らの殺人未遂、脅迫、暴行などの犯罪は六件以上にのぼり、そのうちかねて勢力のある井田一家が小西組を軽視することを恨み、昭和二十四年十一月三日、別府市松濤館前で井田組親分井田栄作に全治二十日間を要する斬傷を与えたことも含まれており、主な子分も大分刑務所に服役中である。

ＧＩ専門のダンスホール、キャバレー、バー等が昭和二十一年の秋から二十二年にかけて、沢山できた。その許可を取りしきっていたのが市議会議員、商工会議所会員、そして何よりも県露天統制組合理事長の井田栄作であった。彼は露店新規加入者を決める法的地位者であり、遊戯場の許認可権にも絶対的な力を発揮していた。小西組はその既成権力の井田組の親分井田栄作を殺害し、勢力振興にハクをつけようとしたのである。北海道から〝海の門〟別府に流れ着いた井田兄弟は、かつて同じような方法で、別府の既成ヤクザとの血の抗争を経て、勝ち抜いてきたのであった。しかし、同じ方法で小西組の襲撃を受けたのである。

パンパンたちは、このような抗争を繰り返す別府劇場の中で生きていたのである。パンパンのマリーたちが街頭で「ヘイ・カモン」とGIたちに声を掛けていたとき、パンパン・ダンサーの城、立花ダンスホールは〝海の門〟への侵入者たちにより、血の抗争のまっただ中におかれていたのである。

その勢いは、街頭に立つマリーにも及びかねないものだった。必然的にマリーの周りにパンパンたちが集まってくる。フーはそういった青き刃の剃刀で悲しみを刻むがごとき女たちのために無償で働く用心棒的存在だったのである。

境川に歌は流れて

◉第七章

その日、ミイがテルテル坊主に託した願いが叶ってよい天気になった。フーはサブとミイ、そして四人の浮浪児を誘って境川に行った。

当時の境川は氾濫を繰り返し、河辺には大きな石がゴロゴロしていた。今は道路の中にドブが流れるようなものになっている。〝海の門〟から人間たちはやって来るが、海から一匹の魚も上がってこられない本当の意味でのドブ川である。かつてはホタルが飛びかっていた。別府の川はどこもしかりだ。川の中にコンクリートで花壇をつくり、飛び石をつくって、それを美しいと言う者が多いというが、自然を失った人間は美的感覚まで喪失したのだ。境川の花でさえ泣いている。虹のように美しかった魚たちは何処へ消えたのだ。

昼を少し過ぎていた。ハヤブサとサブから綽名をつけられた子は、サブと同じ年の小学六年生ぐらいであろうか、機転はあまりきかなかったが、素早い動きをした。アキラはサブやハヤブサより一つか二つ年上であった。物静かな子供でサブをリーダーとして認めたのはアキラだった。サブは一度だけ、青白い顔をしているアキラを「青ちゃん」と呼んだ。アキラはサブに哀しそうな顔をしたのだった。サブはそれ以来二度とアキラを「青ちゃん」とは呼ばなくなった。

ジロウはいつもキョロキョロと落ち着きがなかった。サブと同じぐらいの年齢だった。このグループ一番の力持ちだった。色が黒いので、彼は「土人」とか「シンクロ」と呼ばれたが、別に気にするようなことはなかった。

ミノルは悲観主義者だった。サブより一つ上かもしれない。年に似合わず体が太く、いつも「死にたい、死にたい」と言っていた。サブはミノルのその言葉を耳にするたびに「死んでしまえ」といつも応えた。ミノルはサブの答えがいつも同じなのに、悲しんで涙ぐむのであった。

多くの浮浪児たちが海門寺公園にやって来て、彼らのグループに入ったのだが、いつの間にか消えていくのであった。

全国を渡り歩く浮浪児の多くは「ちゃりんこ」即ちスリをしたり、「たかり」を専門にする子供もいた。二人で組みになり、一人がパンパンのスカートを竹竿でめくり、ハッとする隙にもう一人がハンドバッグを盗むというようなことをする者もいた。

アキラはサブをリーダーとして立てつつ、仲間たちにいつも言っていた。

「なあ、みんな、俺たちが一人でも何か悪いことをすれば全員が捕まる。そしてこの公園から出なければならなくなる。だからどんなに金がなくても悪いことだけはよそうな」

台風や大雨が降るたびに、鶴見山の東北に面した馬蹄状の渓谷の水は鶴見渓谷を下って境川に流れる。そのとき、鶴見山の山麓から山肌を削るような形で下流に向けて大石が濁流と一緒に流れ出す。従って、海に近いところでも大石がゴロゴロしていた。その河辺にはヨモギやクズが茂っていた。鰻を捕るために大小の石を積んだ場所は、日豊線の高架のすぐ上であった。

そこから上流の方に目をやると、アラカシやタブノキなどの雑木林が目に入った。境川の河岸に立って見ると、鶴見山や扇山の裾野まで田畑が点々とあり、その田畑の中に家がぽつりぽつりと見えた。田畑の間をぬって畦道が石垣の間に見え隠れしていた。線路の下を少し歩くとそこはもう海辺だった。クロマツが海辺に数本立っていた。ワスレナグサが点々と咲き、煉瓦色の美しい花をつけていた。心に憂いがあると、この花を見れば、その憂いを忘れることが出来るということで、その名がつけられていた。シラサギの仲間のコサギが一羽、フーたちの頭上を旋回して海辺の方へと消えていった。橋の下から海のほうを眺めると、櫓を漕ぎゆく舟と発動機をつけた舟が交差するのが見えた。少し沖の方には、鰯を獲る定置網を引き始めているのだろうか、エイサ、エイサという漁師たちの掛け声が聞こえてくるのだ。

　フーはミイと五人の男の子に鰻捕りの石積みについて説明した。

「いいか、この石積みをシマと言うんだ。このままでは鰻を捕るのは難しい。だからシマの周囲に水がないようにするんだ。いいか、みんな少し大きめの石を抱えて持ってこい」

　フーは手本を示した。六人はフーの指示通りに石を運んだ。フーはその石を巧みに組み立てた。また、フーは説明した。

「いいか、川辺の雑草をひっこ抜いてこい。そいつを石の間に埋め込むんだ」

　フーの言う通りに子供たちは雑草を石と石との間に入れた。シマの周囲は水が少なくなった。そして、外側だけではどうしても完全に水がはけないから、もうひとつ内側に石積みを作った。フーは子供たちにまた説明した。

「いいか、鰻やドンコやカニやエビが入っている。驚かさないように静かに石を除けろ。川の中に投げるな。帰るときに元の姿にするためだ」

　殆ど水溜まりがなくなった。フーは鰻鋏二丁と竹ザル四つを用意していた。

「みんな足をよく見ろ。足に赤いミミズみたいなものが付いていないか見ろ。そいつはヒルといって人の血を吸うぞ」

子供たちは足もとを見たが異常はなかった。フーはギザギザのついた鋏でいとも簡単に鰻を挟んで見せた。みんなは「ウォー」と言った。鋏をサブとアキラに渡し、捕らえ方を詳しく説明した。水中から鰻は顔を出す。その鰻の背中の部分を狙って鋏を一気に入れろとフーは説明した。やっとサブとアキラはコツを了解した。そして他の二人に替わってザルを持った。フーはミイにザルで魚を捕る方法を教えた。一方の足でザルを支え、もう一方で魚を追い込むという方法であった。ミイは両足をそろえて動かしたので転んだ。みんなはミイを笑った。フーは彼らを叱った。ミイはそれでも挑戦を繰り返し、上手になった。

フーは魚捕りに熱中する五人にわからないようにミイにそっと囁いた。

「ミイ、サブが今日ここに来るときに、一度でいいから美しいお前の素顔が見たいと言うんだ。お前もずいぶん長い間顔を洗ってないだろう。おじさんが石鹸で綺麗にしてやるからどうだい」

「フーおじさん、この顔だからモク拾いも靴磨きも出来る。浮浪児で通るんだ」

フーはミイの答えを読んでいた。

「おじさんが、今の汚い顔になるようにもう一度し直してやる」

ミイは恥ずかしそうに静かに頷いた。

フーはタオルを水に浸し、よく顔に当ててから、両手を石鹸水に浸し、ミイの顔に当てた。そして、少しずつこの顔にこびりついた垢を落としていった。五人の子供たちは魚捕りに熱中していた。フーはミーを少し上流に連れていって水面に映る顔を見せた。ミイは黙って自分の顔を見続けていた。白く小さな柊の花に似たミイを、フーは美しいと思った。

フーは彼らに声をかけた。

「おーい、もうやめようぜ。こっちへ来い」

ミイはフーに背中を向けて座っていた。

「いいかみんな、今日はな、この世で一番美しいものを見せてやるぞ。あの山より、そしてあの海よりももっと美しいものを見せてやるぞ。サブに頼まれたんだ。サブはなあ、ミイの美しい素顔が見たいというんだ」

フーは背を向けたミイを抱きかかえて、ミイの両手を払ってみんなにミイの素顔を見せた。春の風が吹いて来た。雲の中に隠れていた太陽が顔を覗かせた。そこには信じられないほどに美しい一人の女の子の顔があった。サブも四人の子供もみんな、美しいミイに見惚れていた。ミイは泣きだした。

「いいか、このミイの美しい顔をお前たちは一生忘れるな。今日はな、お前たちにとってもこの俺にとっても一番いい日なんだ。いつか年月が流れて、この日のことを思い出す時が来る。そのとき俺たちは、この世にこんな美しい素顔を持った少女がいたのだときっと思い出すだろう。そして、この場所こそが心の故郷であったと思うだろう。

おい、みんな、河辺に咲く花で何かを作ってこい。そしてこの美しいミイをもっと美しくするために飾ってやれ。その間にお前たちの捕まえた魚を俺が料理してやる」

ミイは背を丸めて泣いていた。男の子たちは何かを相談していたが散っていった。フーはかねて用意してきた板の上に五寸釘を打ち、肥後守のナイフで鰻を捌いた。石と石とを組み合わせた。金網を敷き、火をおこし、鰻を焼いた。ミイがフーに「何か手伝いたい」と言った。フーは鍋に海水を半分ほど汲んでくるように頼んだ。

ミイが汲んできた海水の鍋を石と石との間にかけて、枯れた木や草で火をおこし、焼いた鰻と、そのままのカニ、ドンコ、エビを入れた。フーは河辺に生えている菜の花、れんげ草を水で洗い、手でちぎって投げ入れた。そして、軍隊用の飯盒で飯を炊いた。飯盒は、アルミ製の底の深い炊飯兼用の弁当箱で、フーは南方から持ち帰ったものであった。境川で洗濯するときには、この飯盒でゴハンを作り一人でよく食べた。フーはその軍服を除隊したとき、カーキ色の薄垢のついた軍服を着て、足にはゲートルを巻いていた。フーはその軍服の必要のないものを鋏で全部切り捨てて、海門寺でも着ていた。ゲートルは捨てた。だが手垢のついた水筒と少しひしゃげた飯盒は手放せなかった。この二つがフーの台所用品であった。軍用の背嚢に水筒と飯盒をぶら下げてフーはトントン小屋での生活を始めたのであった。

サブが花の首飾りを持ってきた。色々な草花が蔓に巻きつけられていた。フーはミイを抱き上げた。

「ミイ、サブのプレゼントだよ」

サブはミイの首に花飾りをかけた。花の髪飾りはアキラからだった。ジロウとハヤブサとミノルは花束をミイにプレゼントした。彼ら五人が相談し合ってミイに贈ったのを知ってフーは嬉しくなった。フーは米軍キャンプから流出し闇屋で売っている紙の皿と紙コップを用意した。それに竹箸を添えた。それらを五人に渡した。

「さあ、飯を食おうや。魚はもう煮えている」

彼らは魚を沢山食べた。鰻はとりわけ美味だった。少しずつ夕日が鶴見山に近づいていった。風が冷たく感じられだした。フーは五人に語りかけた。五人の子供たちはフーの顔をじっと見つめた。

「なあ、みんな、もうすぐ敗戦後の混乱も終わる。そうすれば、お前たちもこんな自由な姿で町の中を歩き廻ることが出来なくなる。お前たちも知っているように浮浪児狩りが始まっている。もうそろそろ自分の将来を自分で考える時だ。家無し子だからといって、小さな未来を夢見るな。いいか、どでかい大きな夢を持て。芸術家になりたいと思う奴は芸術家になった自分を空想しろ。教師になりたいと思う奴は少しずつ勉強しろ。暇を作っておじさんの処へ来い。毎日毎日少しずつでも勉強すれば、一年も経たないうちに殆どの本を読む力がつく。

この別府はな、お前たちも放浪して分かっただろう、日本で一番美しい町だ。このお前たちが座っている境川は特に美しい。しかし、この美しい町にはネスゴロウたちが多すぎる。お前たちも知っているだろう。浮浪児たちの施設を作ると言って金を集めながら、奴はお前たちに靴磨きのショバ代として、金を掠め取る。そして、ちょっと前には、お前たちの施設を作ると言ってお金を掠め取った男が殺されかかった。

いいか、どんなことがあっても、ネスゴロウみたいな人間にだけはなるな。一番大事なことは、人を幸せにしてやりたいと思う心だ。どんなに貧乏でも、人のことを妬まないことだ。さあみんな、今日はミイとサブを中心に輪を作ろう。アキラ、お前、二人を祝福しろ」

「フーおじさん、今日はとてもいい日だ。ぼくが今まで生きてきた中で、こんなに素晴らしい日はなかった。サブ、ミイは美しいのう……」

そしてアキラの音頭で四人の男の子は「万歳」を何度も叫びつつ、サブとミイの回りを廻った。帰る時が来た。川の石を元に戻した。シマは消えた。

フーは青空を眺めていた。鶴見山の方には赤みがかった雲が広がり始めていた。

「さあ、みんな歌おうや。サブがパンパンの姉さんたちをからかって歌う歌じゃないぞ」

そうフーが言うと、みんな大声を出して笑った。フーは一人で歌いだした。六人の子供も一緒に歌った。「誰か故郷を思わざる」であった。

花摘む野辺に日は落ちて
みんなで肩をくみながら
歌を唄った帰り道
幼馴染のあの友　この友
あゝ、誰か故郷を思わざる

この歌をみんなで幾度も歌った。歌は風を呼ぶ。草の葉の中でさえ音楽がある。岸辺遠き波でさえ、合唱を送ってくれるのである。夕映えの空に呼応して子供たちの歌う声が天空の窓を開く。美しき調べが遠い世界からの賜物のように響き渡る。サブはフーに「ミイの顔を元通りにしてくれ」と言った。フーは笑った。そしてミイに言った。

「ミイ、元の汚い顔になりたいか」

「うん」とミイは小さな声で答えた。

フーは燃え残った炭を粉にして、それに少しの川の水を含ませて幾度も幾度もミイの顔に擦り付けた。そして泥を手にして、また同じよう擦り付けた。昔のミイに返った。

「ミイ、女は美しくなくてはいけない。今日この日が、汚い顔になる最後の日だよ。ミイ、お前は毎日、毎日心の中で呟くのだ。『私はきっと美しい女になってみせる』とな。そして美しい女になるんだ。

おいちゃんは故郷に帰った時、髪はボウボウで垢で固まっていた。目は虚ろだった。母ちゃんが死んだと聞いて、死のうと思った。そして海面に映った自分の姿を見続けているうちに、涙が溢れてそのままそこに倒れた。戦場に行く時、母ちゃんがおじさんに言った言葉を思い出した。『死ぬんじゃねえぞ、きっと生きて帰れよ』おいちゃんは、死にきれんやった。でも、生きていてよかった。ミイのような美しい子に巡り合うことができたんやから」

悲観主義者のミノルがフーに問うた。

「おじさん、死にたくなったときはどうすりゃいいんか」

フーはミノルを引き寄せ、ミノルの顔を両手でしっかりと抱えて言った。

「ミノルなあ、死ぬ時はいつかは来る。だから死はな、そんなに急がんでもいいんだよ。

俺も死のうと思ったことが幾度もあった。しかし、死にきれなかった。ミノル、生きているこことが一番いい。こんなに愉しいことがあるじゃないか」

ミイが口を開いた。

「フーおじさん、おじさんはどうしてそんなに強いの。あのリリー・クラブの怖いお兄ちゃんを一発でやっつけたと、サブ兄ちゃんが何度も何度もおじさんの真似をするのよ」

フーはミイの声を聞き、ことのほか喜んだ。そしてミーに熱く語りだした。

「ミイ、おじさんはな、そんなに強くはない。あの時はな、マリー姉さんの激しい怒りの心に同調しただけなんだ。おじさんもマリー姉さんのように頑張らないといけないと思ったんだ。それで二人で作戦を練った。人が悲しんでいる時はね、一緒になって悲しんでやるのがいい。そうすれば、人は倍以上の力が出るんだよ。人の悲しみを悲しむ心が本当の勇気を生むんだよ。涙を心の中にいっぱい溜めると涙の力が生まれて来る。ミイ、お前もそのうち分かる時が来る。よし、おじさんがどんなに強いか見せてやろう」とフーは言うと、あっという間に川の中の大きな尖った岩の上に跳ね上がった。そして、大きな石、小さな石の上を走るように跳び移った。

「みんな見ていろ。余興をひとつやって見せよう。オッと、お代はいらないよ。さあさあ、見てのお楽しみだ！」

フーは川の中に入り、手を岩の中に突っ込んだ。大きな鰻を素手で掴み出して見せた。鰻を空中に投げるとまた別の岩に手を入れた。

「いいか、みんな見ていろ。今度はカニを捕まえて見せよう」と言うなり、カニがフーの掌の上で踊り出した。

「さあさあ、クライマックスだ。ミイ、リリー・クラブのダンを一発のもとにぶっ倒した芸の秘密を見せてやろう」

フーは少し尖った岩の上に跳び上がると、全身をバネのようにして空中高くジャンプし、そして一方の足を高く空に突き出し、その一瞬、半回転し河辺に着地した。子供たちは立ち上がり、「万歳、万歳」と叫びだした。フーは一息つくと、みんなに語りかけた。

「ミイ、分かったか、これがおじさんの強さの秘密だ。やい、男たちよ、よく聞け。男はな、ミイのような美しい娘にぞっこん惚れなきゃ男じゃねえ。そして男はな、ネスゴロウみたいな奴から因縁を付けられてスゴスゴ逃げるようじゃ男じゃねえ。逃げりゃ臆病風という風に吹き殺される。青白くて屁理屈言うような男だけには決してなるな。ネスゴロウに絡まれたら睨み返せ。殴ってきたら倍殴り返せ。いいか、男たちよ。頭と体を鍛えよ」

子供たちは口を開けてフーを見ていた。と、フーは大笑いした。高々と夕日の空に向かって笑いだした。

「みんな、お前たちは素晴らしい経験をしたな。お前たちは父ちゃんも母ちゃんも失った。家も金もねえ。それでもお前たちは歌って笑って生きている。こうして生きていることが大切な力になるんだ。

おい見ろ、俺の故郷はあの海の向こうにうっすらと見える岬の先だ。あそこを佐田岬というんだ。おいちゃんは父ちゃんを全く知らん。母ちゃんが、父ちゃんは俺が生まれる前に、朝鮮に行って死んだと言った。母ちゃんは、佐田岬の崖を天秤担いで下りて海水汲んでまた上り、それを少しきれいにした砂の上に流した。そしていくらか塩が溜まると、ドラム缶に移し、それを煮込んだ。おいちゃんは小さい時から母ちゃんの手伝いをした。だから体が丈夫になったんだ。

おいちゃんは、小学校を出ると母ちゃんに言ったんだ。東京に行って勉強したいって。母ちゃんは小さな箱を出して、中に入っていたお金を全部くれた。おいちゃんは十三の時、一人で東京に出た。そして土方をしたり、人力車の車夫をしたりして勉強した。母ちゃんは毎月、お金をおいちゃんに送ってくれた。中学に入り、高校に入り、大学に入った。そして弁護士になり、やったと思ったら戦場行きとなった。そこで幾度も死にかけた。しかし、おいちゃんは不思議な力を身に付けていた。天秤担いで母ちゃんの代わりに海水を汲み上げて運ぶうちに体を自在に操る術を身に付けていた。土方をするうちに腕力が強くなった。戦場でそれが活きた。車夫の走り方も味方してくれた。暗闇の中で突っ走った人力車の経験が活きた。こうして九死に一生というやつで日本に帰ってこられた。

いいかい、これがおいちゃんの強さの秘密だ。お前たちは、苦しみの中で生きる力を身につけた。これがお前たちの財産だよ。どんな屋敷も、どんな大金もたいしたことないんだ。人間はな、いつか父ちゃんや母ちゃんと死に別れる時が来る。お前たちは一人で生きていく力を持ったんだ。だからどんな人たちも羨むことはないんだぞ」

サブがフーに聞いた。

「おじさんの母ちゃんはどうして死んだんか」

「おいちゃんの母ちゃんは塩を造っていた。塩は専売品で、闇屋に売ってはいけんのや。母ちゃんは保戸島という津久見の近くの島から来る船の人に塩を売ってたんや。それで警察に捕まった。塩を造れんようになったんで神戸に働きに行って、そこで空襲に遭って死んだ。サブ、お前の父ちゃんや母ちゃんと同じ頃に死んだんや」

「そうか、おじさんの母ちゃんも神戸でか」サブは一言そういうと黙り込んだ。

ミノルがフーに聞いた。

「おじさん、ひとつだけどうしても聞きたい。僕たちは乞食、浮浪児と呼ばれ馬鹿にされ続けてるんだ。それで腹が立って、そういう奴らを追いかけて血だらけにしたこともあった。おじさん、俺たちは何を言われても我慢せんといかんのか」

フーはミノルをじっと見つめ続けた。そして答えを探した。

「ミノル、お前は胸の中に自分自身ではどうしても耐えられない、抑えられない感情を持っている。少々、陰険で乱暴で始末が悪い。しかし、それがお前の一番いい所だ。

ミノル、我慢し続けるのは難しい。しかしなあ、我慢し続ける必要があるときは、拳を握り締めてでも我慢しろ！　するとな、その陰気臭い処がいつか消え、濁った水が澄むようにお前はきっと明るい男になる。そしてその乱暴さは、弱い人を助ける力になる。ミノル、もう少し我慢しろ。お前は大きな人間にきっとなるよ」

陽が傾きかけると鶴見山は一塊の薄墨色の巨大な影のように見えてくる。春の日射しが衰え、鶴見山の片隅に沈みかかる頃、夕焼け空に雲が放射状に散っていく。

フーと子供たちは、山の向こうの空を、夕焼けに染まる赤と青の空を、見続けていた。

フーはポケットから六枚の紙を取り出した。そして、それを一人ひとりに渡した。

「いいか、みんなよく聞け。この紙は、おいちゃんがここに来る前に書いてきた。この紙には、おいちゃんの東京の住所が書いてある。お前たちが東京に出てきた時は訪ねて来い。そこは、東京の郊外の畠の中のバラックだ。おいちゃんはもう少しこの別府にいる。しかし、半年か一年後には東京に帰ろうと思う。お前たちも半年か一年後にはここを去っていくだろう。おいちゃんはお前たちから生きる力と勇気を貰った。だからこの紙はお前たちへのお返しの紙だ。

いいか、よく聞け。生きていればいろんなことがある。もしかすると刑務所に入るようなことがあるかもしれん。おいちゃんはな、お前たちがどんな境遇に陥ろうと、お前たちを迎える。だから、だから連絡しろ。いいか、紙はなくしてしまうかもしれない。頭の中の片隅にこの住所を憶えておけ」

フーと六人の子供たちは、帰り道にもまた歌を歌った。その歌声は春の空の向こう、未来という名の空の向こうへと消えて行った。

赤い薔薇の花の悲劇◉第八章

フーは忙しくなった。パンパンが増え続けたために、英語を教えたり、GIたちのラブレターを翻訳したり、パンパンのラブレターの代筆もした。それで彼女たちに時間を指定するようになった。かりそめの恋も時に真の恋に変わることがある。GIたちとパンパンの間にも火花が散るような恋があった。フーはそんなパンパンたちから助言を求められるようになっていった。

ハニーが妙なラブレターを持ってやって来た。そのラブレターは今までフーが見たこともないほど格調の高いものであった。そのラブレターには一篇の詩が添えられていた。「ア・レッド・レッド・ローズ」という詩であった。

恋人の Love の代わりに Luve が、You のかわりに Thee が使われていた。十九世紀末の英語だった。フーはハニーに訳して聞かせた。

おお、わが恋人は、赤き赤き薔薇のこと
それは六月に咲く　ういういしき　薔薇
おお、わが恋人は　妙なる調べのこと
それは、いとも巧みに　奏でられし音楽

「ハニー、この詩はスコットランドの国民詩人ロバート・バーンの『赤き赤き薔薇』という抒情詩だ。十八世紀末に書かれた詩だ。こんな洒落た詩をよこす奴はどんな野郎だ」

「フーさん、この人は全く可笑《おか》しな人なのよ。真面目な人かと思うとハメを外し、酒はよく飲むし、女に興味ないような顔しているのにドスケベで、優しいかと思うと乱暴で、あぁ……私にはよく分からないのよ」

「ハニー、バーンもそんな男だった。だから彼は美しい詩を書いた。それに奴のラブレターは格調高い名文だ。ハニー、この男を逃がすなよ。この男と恋に落ちろ」

ハニー宛ての恋文から私がこの章を始めたのには、それなりの理由がある。マリーが名付けたパンパンの一人がレッド・ローズだったからだ。マリーはハニーからこの手紙のことを聞いたものと思われる。マリーは全く不思議な女だった。

「フーさん、ちょっと他所《よそ》へ行ってくるよ」と言い残し、数カ月別府を留守にするときがあった。今度も、東京ベティとオリーブを連れて二カ月ほど他所に行っていた。

「ちょっと長くなったわよ」とフーに言うと、お土産だと言って福岡の「にわか煎餅」をフーに投げ与えるのであった。

「あいよ」と言うなり、ベティとオリーブを連れて去って行った。と、二日ほどしてフーのところへマリーはまた来た。小柄な娘を同伴していた。

「フーさん、この子の名はレッド・ローズというんだ。ハニーの詩を見て私が考えたのさ。フーさん、あんた洒落た訳をハニーに書いてやったんだね。そいつを写してもらって私は読んだ。そして、この子にその名をプレゼントしたというわけさ。

されど　達者であれ　ただ一人の恋人よ
しばし達者で
われ帰り来なむ　恋人よ
一万里果つるところにあらんとも

フーさん、あんた真面目そうな顔して、たいした情熱家だよ。『一万里果つるところあらんとも』あ、ここがいい。だから私は一万里果つる処から別府へ帰って来たんだ。おっとこれは冗談だ。フーさん、ほらこの胸を見な。白いブラウスの上に赤い薔薇の花がさしてあるだろう。後で話をするから、この子にも英語のイロハを教えてあげな」

一方的にそう喋りまくると、東京ベティとオリーブを連れてマリーは去っていった。

日本の男たちは皆くたびれていた。色の褪せた復員服を着た日本の男に比べると、アメリカ兵は金持ちで明るくて、恰好よかった。それはパンパンだけでなく、普通の日本人の中にもそう思う者がいた。世の中の考えは移り変わり、また泡のように消えていくのである。レッド・ローズの両親は、娘にパンパンになるように勧めたのであった。彼女は、親から奈落の底に突き落とされたのである。

フーはレッド・ローズを一目見るなり、何か知らないが、胸騒ぎを憶えたのである。「この娘はあまりにもスレンダーだ。大男は迎えられまい。ひょっとしたら……」と思ったのである。器量がいい。何よりも物静かな風情がいい。芸者になったら一流になれそうだ。しかし、パンパンにはと、フーは思った。この娘は不幸な顔をしている。逆らえない運命を背負って生まれてきたのだ、きっと。可哀相ではない。何だろう。何処かに沈みこんでいくような悲しみの相がこの娘に見えるのはどうしてだろう。薄い影のようでありながら、消えもしないものが漂っている……。

「年はいくつだい」とフーは出し抜けに尋ねた。

「十六歳です。もう少しで十七になります」とレッド・ローズは答えた。

「どうしてパンパンする気になったんだい」と、今まで一度も問うたことのない質問をする自分にフーは気がついた。

「父ちゃんと母ちゃんがパンパンしろと言いました」

フーは急に悲しくなった。それ以上質問すると、きっとレッド・ローズは泣き出すだろうとフーは思った。英語の初歩を教えた。そしてフーはレッド・ローズに言った。

「一応、百円だ。しかし、今日は要らない。金を稼いでからでいいさ。マリー姉さんとよく相談しな。この商売は大変だから、慎重に考えた方がいいよ」

フーはそこまで喋ってレッド・ローズに帰るように言った。

「俺は今日は予定があるから、またおいで。いつでもいいよ」

フーは彼女と向かい合っているのが怖かったのだ。

レッド・ローズ……五月の庭に咲く薔薇の誇りはない。しかし、蕾《つぼみ》のような柔らかい肩を持つ少女よ。どうして君が……。

フーは夜店でビードロの風鈴を仕入れた。バケツ一杯の水をトントン小屋の前に打った。

一陣の風が吹いた。風鈴がリンリンと鳴った。マリーが訪れてきた。そして風鈴の音に耳をしばらく傾けていた。

「こんなところにもたまには風が吹くんだね」とマリーは少し皮肉混じりに言った。

マリーはフーを公園のベンチに誘った。フーはマリーをカストリ焼酎の店に連れて行った。

「マリーのお陰で忙しいんだ。ついにパンパン専用の代理業務をして、金が溜まりだしたんだ。信じられないよ。一杯奢るよ」

二人は馴染みの店に入り、カストリ焼酎を飲み、ホルモン焼きを頬張った。

「フーさん、レッド・ローズの話だけどさ、あんたに英語を教えてもらった後で私に会いに来たんだ。私は正直にローズに言ったんだよ。『お前さんの体じゃ大男たちとセックスするのは危険すぎる。それで、フルート専門にしたらどうかってね』あっ、フルートはフーさんも知っているよね。ブロージョブ、日本式に言えば尺八だけどさ」

「マリー、それもちょっと危険すぎる。あの子がブロージョブ専門になれば、きっと売れること間違いなしだ。しかし、それだけで満足できなくて、つい大男の奴らはローズをやっつけたいと思うようになるぞ」

「そうか、フーさんはそこまで考えてたんだね。アメ公のやり方まで知ってるんだ。アメ公はね、腹が出ていて体が重いから動きの鈍いのが多いのさ。それにちょっと腰を使うと、もうフーフーだよ。だから前戯を好むのさ。

私もローズは大成功すると思う。だけど恐ろしいのさ。ローズは私がそこまで説明しても、やると言うんだ。男のサイズが大き過ぎるときはさあ、下腹にタオルか着物のはしを挟んでやる方法があるんだ。しかし、あのローズはとても無理さ。私は仕方なく東京ハウスのジョージの処へ連れていったんだ。ローズを街に立たせるわけにいかんと思ったからさ」

フルート専門のハウスは東京ハウス以外に二、三軒あった。しかし、フルート専門の女は皆、GIたちがセックスしたいとは思わないパンパンたちだった。そこで店主がフルート専門に切りかえさせたというのが正しい。マリーはローズにフルート専門になれと言ったのである。ローズは応じた。

「私はジョージに念には念を入れて頼んできたよ。私はハウス反対を訴えていたんだけどね。ジョージは大事な商品だから心配ない、ちゃんと私との約束を守ると約束したしね」

「マリー、今晩、東京ベティとキャンディ、オリーブ、そしてハニーをこの店へ連れて来い。八時すぎでいいよ。都合がつかないときは知らせてくれ。この店のおやじに予約しとくから。彼女たちのお陰で大繁盛だ。少しはお返しをしなくてはと思っている」

「心配ない。みんなフーさんのファンだ。彼女たちはフーさんの英語教育のお陰で大繁盛さ。ベティの奴、あれをする間じゅう、フーさんから習った、マイ・スィートを連発しているんだ。八時だね。有難う、GIたちとの予約もなにもあったもんじゃないよ」

その夜フーと女五人はホルモン・パーティーに熱中した。


米軍キャンプが出来たために食肉が大量に必要となった。浜脇貸席街の山の手寄りの屠殺所が米軍専用となった。牛や馬、豚の解体に当たったのは、殆ど朝鮮部落の人々であった。彼らは牛や馬や豚の臓物を無料で得ることができた。アメリカ軍の兵士たちはこれらを食べなかったからだ。

それで彼らはこの肉を、当時流行《はや》った麻薬のホルモンにちなんでホルモンと命名した。牛の腸は切られ、「お腸」と特別な名がつけられた。その中でも最高級を「ミノ」といった。別府がホルモン料理の発祥の地である。現在でも、ホルモン料理店（焼肉店）が人口比で別府を超える町はあるまい。

ハニーが口火を切った。

「みんなに報告したいんです。私、オンリーになろうと思うんです。ブラウンが私を大事にするから専属になれと言ってくれました。私はすぐに返事をしました。『私を大事にしてくれるなら、あなたに尽くします』と。それで今日報告しようと思いました」

「それでは今日はハニーのお祝いの日か」とフーが言った。

「違います。お祝いの日じゃありません。ただ、ブラウンの熱意に負けたのです。それに私の周囲の人の冷たい視線に逆に対抗してやろうと思ったのです。ブラウンを私の部屋に迎える決心をしました。これからはオンリーになって堂々と胸を張って生きて行こうと思うのです。それにフーさんにもっと英語を習いたいのです」

「ハニー、お前、フーさんに惚れてんだよ。いいよ、フーさんにもっと英語を習いな。そしてオンリーになりな。私は大賛成だよ。私たち四人とあんたはちょっと違うんだ。私たちは風の吹くまま流れているようなもんだ」

フーとマリーはカストリ焼酎を飲んだ。他の四人はその焼酎を安物の葡萄酒で割ったものを飲んだ。この店のスペシャル・ドリンクであった。

「ハニーよくわかった。だったらオンリーでなく、キープ（占領軍半公認のパンパン。占領軍書類に記載される。将来結婚を前提に交際するパンパンを指す。パンパン狩りからも免除された）になりな。そのためにはもっと英語を勉強する必要がある。

いいかい、ベティもキャンディもオリーブも、毎日、毎日アイ・ラブ・ユーだけではダメだ。形容詞とか副詞もたくさん覚えんといかん。飽《あ》きられたら、オンリーの道も遠くなるぞ。

いいかベティ、お前はアイ・ラブ・ユーとマイ・スィートばかりだ。それに、ベリー・マッチとソー・マッチだけだ。仕事なら仕事らしく真剣にやれ。たとえば、パッシオネートリとは情熱的という意味だ。この前、パッシオンというダンスホールができただろう。あれの副詞形だ。心からとは、フロム・マイ・ディープ・ハートだ。仕事に真剣になれば、こんな英語も簡単に覚えられる」

「フーさん、お願いだよ。ここに大好きだという意味の英語をたくさん書いてよ。ここで私たちは勉強することにしよう」とマリーが言った。

オリーブが店主からメモ用紙を五枚もらってきた。フーは英語の下にフリガナと訳をつけた。

「フーさん、死ぬほど愛してという意味の英語は難しいね。この、ラブ・トウ・ディストラクションてのは難しすぎるよ」

マリーがフーを少しからかった。

「ああ、これか。ディストラクションというのは、気まぐれという意味と狂気という意味がある。ハニーの恋人のブラウンに使ったらいいと思って書いたんだ。ブラウンは文学青年だからな、きっと喜ぶだろう。しかし大抵のＧＩたちには通用しない文句だ。マリーが使うと相手が震え上がって逃げちゃうぞ」

「そうか、ハニー専用なのか。それではフーさん、あらためて聞くけど、私にピッタリの表現は何なのさ」

「うん、アイ・ラブ・ハードさ」

「ハードか、やっぱりな。しかし私は一遍にこう言うね。ここに書かれているものを全部使うんだ。アイ・テンダリー・ディープリィ・ディアリー・エンド・ハード・ラブ・ユー、というわけさ」


七月七日の朝、フーのところへミイがやって来た。小さな笹の葉に「天の川」「七夕祭」、そして「幸せがきますように」と願いごとが書かれた短冊が三つ結ばれていた。

「おじさん、今日は七夕祭です。お母さんがいつもこの日には笹を用意してくれたよ。私は願いごとを書いて結びつけたんです」

「ミイ、お前、字が上手だね。『幸せがきますように』か。あのな、ミイ、おじさんが境川で言っただろ。決して諦めてはいけないって。きっと今が一番つらい時だよ。しかし、ミイ、お前の顔はな、希望に満ちているよ。本当にそう思うよ。その笹の葉はどこで手に入れたんだ?」

「あそこの露店で売ってるんだよ。私がじっと見てたらねえ、おじさんが笹を鋏で切って、少しだけくれたの。色紙三枚と一緒にね」

フーはミイと一緒にその笹と色紙を売っている所へ行った。そして、少しだけ大きめの青々と葉の繁る竹を一本買った。それから色紙、飾り物、色鉛筆も買い揃えた。ミイがサブたちを連れてやって来た。

「いいか、みんな今から、この色紙を鋏で切って短冊を作るぞ。こよりもつくろう。おじさんが、こよりの作り方を教えるからやってみよう」

サブやアキラたちは紙を切ったり、こよりを作りだした。

「いいか、みんな、お前たちの願いごとをたくさん書くんだ。どんなことでもいい、デッカイものでも、夢みたいなのでもいい。願いごとならなんでもいいぞ」

しばらくして、フーは六人の子供たちに、俳句の作り方を教えた。そして、彼らに俳句を作り色紙に書くように言った。サブの作品を見てフーは驚いた。彼の心の中で文字的な素養が育まれているのを知ったのである。

　星おちて　心の中で　輝やけり

フーはミイの俳句に注目した。ミイはなかなか書けなかった。やっと書き上げると、フーのところへ持って来た。

　好きだけど　誰にも言えない　お星様

他の四人も俳句を書いた。

マリーと東京ベティ、キャンディ、それにオリーブの四人は七月のはじめに何処かに消えた。風の噂では、広島の呉基地にいるとのことであった。その後、マリー一味が別府に帰ると、軍艦が〝海の門〟に入ってくるのがパンパンに分かるようになった。マリーたちはセーラーを狙って移動していたのだった。別府はセーラーたちの憧れの町であり続けた。〝海の門〟から陸に揚がった海の兵士は気前よく金を使う。マリーの帰らない別府はパンパンたちにとっても儲けの少ない季節であった。

ハニーは時折フーを訪ねては英語の勉強をした。フーはハニーのために短い文章をメモに書いて渡した。英文を自由に書ける能力をハニーは急速に身に付けていった。フーはそれを自分のことのように喜んだ。

ある日のこと、フーは場末の古本屋の一隅にアービングの小説集『スケッチ・ブック』を発見した。それを買い、三省堂の『コンサイス英和辞典』と『コンサイス和英辞典』とともにハニーにプレゼントした。

「ハニー、お前はあのブラウンの心をしっかり受け留めるんだ。そのために毎日毎日、英語の文章を読み、その中の一行でもいい、ブラウンに伝えろ。もうお前の学力は大学受験合格の一歩手前くらいだ。この『スケッチ・ブック』は名文だ。ブラウンと一緒に声に出して読むがいい。いいか、毎日毎日、辞書を引け。謎が一つひとつ解けてくるよ」

ハニーは礼を言った。そして本代と辞書代を払いたいとフーに言った。

「ハニー、俺たちは深い友情で結ばれた。もうお前はパンパンじゃない。オンリーでもキープでもない。お前は恋をして、その素晴らしい恋に未来を賭けている。これから友人としてお前とともに人生を考えたい」

それからフーは語り継いだ。ハニーの幸せのために。

「ハニー、『スケッチ・ブック』を読んだ後にホイットマンの『草の葉』を読もうや。この詩は南北戦争時代のアメリカを描いている。アメリカの美しさを描いている。アメリカには、ブラウンのような美しい心を持つ人々がたくさんいるんだ。ハニー、美しい心を持ち続けろ。そうすれば人生も美しいものになる」

ハニーの恋人のブラウンは上級の下士官であった。士官と上級の下士官だけがスペシャルメイド、すなわちオンリーまたはキープを囲う資格を持っていた。朝鮮戦争が昭和二十五年（一九五〇年）六月に勃発し、しばらくすると、兵士たちにもこの資格が与えられるようになった。従ってオンリー、キープが増加したのは昭和二十六年以降からである。ブラウンは営外居住許可を申請した。そして山の手の町でハニーとの同棲生活に入った。ハニーは街頭に立ってGIたちを拾うのを止めた。

マリーがフーのもとへ来た。マリーの顔は蒼白だった。一見してフーはマリーに何か重大なことが起こったのを知った。

「マリー、何があったんだ」とフーはマリーに尋ねた。やっとマリーは口を開いた。

「フーさん、レッド・ローズが大男のロジャースというGIにとうとうやられたんだ。それで、あそこが裂けてしまったんだ。私はすっかり安心していたんだ。レッド・ローズは大人気でさあ、ハウスにGIたちがいつも押しかけ順番待ちだったんだ」

「わかった、それで今どこにいる」

「東京ハウス近くの病院に入っていたんだけど、今行ってみたら姿がないんだ。病院を一時間ぐらい前に出たというんだ。医者は敗血症で死ぬ恐れがあるから絶対安静にしておけとローズに言い続けていたんだ」

「どうしてそうなった。マリー、ゆっくり説明してみろ」

「ロジャースというGIは人の言うことを聞かない男なんだ。昨日の夜、大酒飲んで来てローズとやらせろとジョージに迫ったというんだ。『ヘイ、テイキィージ（静かにしろ）』を連発したあげく、嫌がるローズをやっちまったんだ。あの大男にやられて、ローズの下腹部は血だらけになった。もうこれ以上傷つきようもなく裂傷を負わされ気絶したんだ」

「よし、わかった。両親に知らせたか。何処へ行ったのだろう、あてはあるのか」

「両親に知らせに東京ベティが行った。両親はローズの消えたベッドの前でただおろおろするばかりだったよ。行き先のあてなんか全くないよ」

「いいかマリー、キャンディやオリーブやハニーそして他の仲間にも連絡し、海岸をくまなく捜せ。俺の勘だがな、投身自殺したような気がする。汽車に飛び込んだのならすぐに発見されるからな。一応別府駅にも誰かを行かせろ。あの体でだろう、山の中に行くとは考えられないんだ」

フーの懸念は当たった。北浜海岸の少し沖で、漁船が木屑や海草に絡み付いたレッド・ローズを発見した。レッド・ローズは海岸に引き揚げられた。両親が来て、レッド・ローズの死体を抱いて泣き崩れた。

「遅い……もっと早く気づくべきだったのに」

両親に詰め寄ろうとするマリーを、フーが制した。

「おい、マリー、もう止せ。俺たちにだっていくらかは責任がある。もっと力強くレッド・ローズを止めるべきだったんだ。だからもう親御さんに文句を言うな」

マリーはやっと落ち着いた。行き倒れ専門の市役所の車が来て、レッド・ローズを車に乗せた。両親はそのローズの横に座った。レッド・ローズはあっという間に野口原の火葬場へと運ばれていった。

多くのパンパンたちが泣いた。暗闇を引き裂く響きのように。自分の運命とレッド・ローズの悲劇を重ねたからであった。レッド・ローズは十七歳になったばかりであった。と、マリーが歌を歌いだした。当時から少しずつ別府のパンパンの間で歌われていた歌であった。それは「オンリー悲歌」である。

ヤンキーにふられても
泣いてすがるような私じゃない
げんにヤンキーは砂利の数
お前ばかりがヤンキーじゃない

八月十六日、海門寺の檀家六十戸の人々が海門寺本堂に集まり、大施餓鬼に参加した。その後、初盆会の読経が終わると、流れ灌頂というべき精霊流しが行われた。竹で編まれた精霊船が長い台車の上に乗せられ山門前に置かれた。その舟は「禅海丸」と呼ばれた。長さおよそ三メートル。この禅海丸に「爪生嶋・久光嶋溺死者」「鉄道轢死者精霊位」「萬国戦死諸英霊」と書かれた三枚の位牌が、また初盆会の卒塔婆とともに納められた。初盆会の人々は片手に海門寺と書かれた提灯を持って行列をした。

先頭は海門寺の住職。そして太鼓・鉦《かね》を持つ三人の僧侶が続いた。海門寺公園から駅前通りを経て北浜海岸に向かった。台車から降ろされた禅海丸は用意した漁船に積みかえられた。僧侶四人は別の船に乗った。約十隻の船が列をつくり、高崎山下の久光島が沈んだといわれる海上に達した。

供物と卒塔婆を積み込んだ精霊船はやがて海に降ろされ、油を注ぎ点火された。燃え続ける「禅海丸」の周囲を僧侶の乗った船が静かに行き交った。僧侶たちは精霊船が燃え尽きるまで読経を続けた。

それは朧《おぼろ》げな幻燈を見ているようであった。死者はもはや、生ある者の中にしか生き続けることができないのである。

フーはこの精霊船の話を知ると木片と麦わらで小さな舟を作った。マリーが赤い薔薇の花一輪をその舟に差し入れると、北浜海岸で二人して禅海丸のはうへ向けてそっと流した。レッド・ローズの初盆会への二人だけの心尽くしであった。その舟にローソクの灯りがともっていた。レッド・ローズに似て内気な焔《ほのお》があてもなく流れて行くのを二人はじっと見続けていた。それは舟に寄せし弔いの歌。憂いを乗せた舟は黄泉《よみ》の国へと流れていった。レッド・ローズの記憶が海の彼方へとちぎれていくようだ……とフーは思った。

このとき、フーとマリーはレッド・ローズとの細く繋がっていた悲しみの糸が切れるのを見た。それは自分たちの悲しみの心、すなわち哀悼にほかならないことを。哀悼とは、再び帰ることのない生の往還を願う心の切なさである。

翌十七日の夜、初盆会のための供養盆踊りが海門寺公園で行われた。蝉しぐれが聞こえるなか、海門寺という名が書かれた提灯のみならず、周辺の貸席、商店、そして闇マーケットの名が入った寄進の提灯が公園にたくさん吊るされ、その中に豆電球が入れられた。中央に台が置かれ太鼓がその上に乗せられた。蓄音機からの音楽が拡大されスピーカーから流れ出た。

夜七時を半ば過ぎた頃、盆踊りが始まった。その盆踊りの歌は駅前通り、北浜海岸まで鳴り響いた。

別府湯の町
ヨサコリャ　サイサイ
別府湯の町　湯川に湯湧き
一夜千両のヨサコリャ　サイサイ

瀬戸の島々よ波々越えて
豊後別府へはるばると
豊後別府は東洋のナポリ
今じゃ世界の湯のみやこ
浜の砂湯でヨサコリャ　サイサイ

浜の砂湯で絵日傘させば
沖の白帆が寄せてくる
ハイノハイノ　ハイノ
ヨイショ　ヨイショ　ヨイショ
ハイノ　ハイノ　ハイ

同じ歌が幾度も繰り返され、人々は二重、三重の輪をつくり踊りだした。マリーはたくさんのパンパンを連れて輪の中に入った。サブもミイも四人の男の子も踊った。数人のＧＩたちも踊りの輪の中に入った。中でもこの日のスターは和尚夫婦であった。和尚は弁慶、夫人は牛若丸のスタイルで踊ったのであった。

踊りは夜遅くまで続いた。フーはマリーやサブらに誘われたが輪の外で踊りを眺め続けた。フーの胸の中に癒しがたい淋しさが溢れてきた。「俺の心の闇の中に、またひとつ闇が生まれた」とフーは盆踊りの最中に感じ続けていた。

フーは戦場で、殺すという恐ろしさと、殺されるという恐ろしさの中で生きてきた。

「俺も人を殺しそうな人間なんだ」

フーはレッド・ローズの死を考え続けた。

「あの死は……」とフーは想い巡らした。

「あの死は敗戦という日本の国の仕業なのだ。国家の殺人なのだ。レッド・ローズは犬ころのように殺され、そして葬られた」

レッド・ローズ、赤き薔薇の花の悲劇に、フーは国家とその国家を支配したある神を心に描いた。

「全ての神は無情にも人を殺す。そして、神のみ生き続ける。常に正義と慈悲の象徴としての衣を着てだ……。赤い薔薇の花は海に打ち捨てられ闇の海をただ漂うだけだ。そして、人は心の中に神を恐れつつも神の前に頭を下げるのだ」

フーが想いを巡らしていると、サブが傍に来た。盆踊りが終わったのである。線香花火をしようというのだ。フーは喜んで応じた。そしてミイに金を渡して色々と買ってくるように頼んだ。

パチ、パチ、シュー、シュー……。

わらしべの芯に小さな小さな火玉が結ばれ音を出す。この一瞬の小さな火花の中に、フーは戦死した多くの兵士たちの顔を見た。死者たちは見えざる友の眸《ひとみ》の中に一瞬の魂の叫びを託そうとするのである。そしてレッド・ローズの顔も。

アイスキャンディー屋が最後のチリン、チリンを鳴らした。

「帰るぞ、アイスキャンディーいらんか」

チリン、チリン、チリン……。

フーはサブにここにいる皆にキャンディーを奢ると言った。サブはにやっと笑った。

「フーおじさん、普通のキャンディーは二円だよ。アズキ入りは三円だよ」

フーはアズキ入りのキャンディーをマリーやパンパンたち、六人の子供たちに振る舞った。

サブはまた大声ではしゃいだ。

「おい見ろよ、キャンディがキャンディーをなめている」

パンパンのキャンディはサブの頭をパシッと叩いた。

フーはミイの横顔を見て思った。

「ああ、ミイに藍染めの浴衣《ゆかた》を着せて団扇《うちわ》を持たせたい」

精霊流しも終わり、九月に入った。訪れもなき弔いのように秋がフーの心の中へと滲《し》み込んできた。台風が近づくと別府の空は赤みがかってくる。風が少しずつ強くなるのだ。

フーの住むトントン小屋もトントンと揺れだした。フーは小屋の点検をし、荒縄と材木を買ってきて家を補強した。ツクツクホウシが遠くで鳴いていた。

そんなある日、フーは竹篭に洗濯物を入れて境川に行った。そして洗濯を済ませた後、着物が乾くまで中流のほうを歩いてみた。さやさやと駆ける秋の風に揺られて彼岸花が咲いているのを見つけた。別府ではこの花をシビトバナと呼ぶと聞かされて驚いたことがあった。この花をコップに活けていた朝鮮料理屋のおかみさんは「この花はね、こんなに赤いでしょう。野口の墓地に一杯咲くよう。それに毒があるよう。だからシビトバナというんよ。でも私はね、この花が好きだからコップに差してんのよ」

そう言って笑っていたのをフーは思い出した。

このシビトバナは冬から春までは濃緑色の葉を付けるのだ。そして夏になると葉は枯れて一気に赤い花となる。

「レッド・ローズの生と死を象徴するような花ではないか。夕べの鐘の音のように俺の心にまとわりつく暗闇の中の女の眼のようだ」とフーは思いつつ河岸を歩いた。

そういえば、フーのトントン小屋の傍に六月ごろ白い十字の花が咲いた。ドクダミだった。独特の臭いがあった。フーはその草が別府ではシビトグサといわれているのを知った。

その日帰るとマリーが待っていた。そしてフーを海門寺の山門の方へと誘った。

「フーさん、私はね、レッド・ローズのことが忘れられないんだよ。そしたら偶然にね、海門寺の中に入っていたんだよ。そこにね、『母なる地蔵菩薩』という札木が立っているんだ。フーさん、ちょっと来なよ。一緒に見てよ。不思議なんだ」

フーはマリーについて行きその札木を見た。フーは山門の前に「しぐれ松」というクロマツの名木があるのは知っていた。庭園の東南寄りにあり、胸高幹周りが二メートルを超える樹幹から庭いっぱいに枝がひろがり、その樹形、樹姿は見事の一言に尽きる。その高さは五メートルぐらいであろう。フーはこの前を通るとき、松の姿に見惚れることはあったがそこに札木があるとは気づかなかったのである。次のように書かれていた。

誠実一路の孝行芸者糸竹が別府港に投身した〝紅燈悲話〟の菩提の為、後年建立された縁結びの身代り地蔵尊であります。地蔵とは全てのものを生れさす根源であり、六道往来し、世の苦しみを代受する慈悲そのものだと言うことにて

御真言の

「おんかーかびさんまーえーそわか」

南無とひたすら帰依唱名のとき、莞尒として願心を採納される意、ほとけの行持は身をもって実行するところから、生まれてくる子の今一度御真言を心をこめて強く火を吹き出すようにお唱えしよう（懇源功徳成就）

仏の境涯具わり、衆生を利して入道純一せしむる　南無能仕　糸竹地蔵尊　合掌

フーは幾度もそれを読んだ。今まで全くこの札木に注目したことがなかったからである。

「フーさん、話しがあるんだ。一緒に海岸に行って私の話を聞いてくれないかい。できたら、的ヶ浜の、あのレッド・ローズの身を投げた所に」

「うん、分かった。行こう。マリーの話を聞こう」

「フーさん、私はあの中に書かれている〝紅燈悲話〟について知るようになったんだよ。一人でカストリ焼酎を飲んでいる学生みたいな人がいたから思い切ってこの悲話を知っているか聞いてみたんだよ。フーさん、その学生はね、若い先生だったんだ。そして、私にこの悲話を話してくれたよ。

あのパンパン市場だとか、パンパン通りとかいう流川通りはね、その昔は名残川と呼ばれて湯の香ただよう川だったんだって。天保三年のことだとその先生は語ってくれた。北側の上流から二軒目に鶴見楼と染め抜かれた粋なノレンを左右に割ってさ、二十一か二十二の女が朱塗りの小橋を渡っていたんだって。透き通るような色白の顔に、つぶし島田がピッタリで、紫無地の帯、ひと目でぞっとするような美人だったと、その若い先生は眼を輝かせて説明してくれたんだ。

その女は評判の男殺しとして有名だったんだそうだよ。その女のために半年に三人も死んだと先生はいうんだ。私がどうしてと聞くと、先生は笑って、『それほどの美人だ』というのさ。女の名は糸竹といったんだって。

女房と死に別れて一周忌をすませた府内（大分）の呉服商人がね、ほんの慰みにと、上がった遊女屋の二階から、その美しい糸竹を見て身も魂も魅せられてしまったんだって。もう三十一歳の男は恋情をどうしても抑えられず、名残川の鶴見楼へソワソワと足を運んだそうだよ。男は糸竹に『こんなうれしいことはない。もう死んでもいい。今日の昼、初めてお前さんを見たときから、わしの魂はお前さんに吸いとられてしもうた』と言ったそうだよ。糸竹はね、『わたしは冷たい女でございます』とだけ言ったとさ。

でも、見た目には冷たい糸竹が、閨《ねや》の内では、羽二重の肌に、吸い尽くせぬほどの愛欲の熱情を込めたので男は気が遠くなるほどの幸福感に浸ったそうだよ。それから男は三日も開けずに糸竹のもとに通いつめたために、遊びの金に詰まって府内春日浦に身を投げたんだとさ。この自殺の噂が輪を掛けて、『あれが有名な男殺しの糸竹よ』と囁かれ、非難の声が糸竹に浴びせられて、粉雪まじりの鶴見おろしが海門寺の浜に飛沫を上げさせていた師走のある晩、ドブーンという異様な水音をさせて糸竹は身投げしたんだって。そして翌朝、死体となって打ち揚げられたのさ。

糸竹は死ぬ前に海門寺境内の松の木に『わたしは決して人を殺すような悪い女ではございません。男殺しと罵られましたので死ぬよりほかに生きる道がなくなりました……』と書き置きを吊るしてあったそうだよ。それからまもなく、名残川の遊女たちが、彼女の霊を慰めるために糸竹地蔵を建てたんだとさ」

マリーは扇で藪蚊をはらった。哀しみをはらうがごとくに。

フーは糸竹とレッド・ローズを重ねて静かな海面を見続けていた。

マリーが語る物語の奥に、マリーのやるせない悔恨の情が溢れていた。マリーの裸の心に、ほろほろと涙が落ちていくのをフーは知るのであった。

「フーさん、私はね、レッド・ローズに何もしてやれなかった自分に腹が立つんだ。あの大男のロジャースにやられっぱなしでさあ。糸竹地蔵をつくった遊女たちと私たちは大違いなんだ。ローズ地蔵はつくれない。しかし、ローズのために何かしてやりたいんだ。それで私は考えたんだ。あのロジャースを懲らしめてやりゃ、いくらかローズの供養にもなると思うんだ」

フーは納得した。マリーとロジャースを懲らしめるべく話し合った。そして結論が出た。

マリーがロジャースをツルゲーネフの森に誘い出し、フーがロジャースに一発喰らわすということになった。

マリーは、「ロジャースは遊んで帰る晩は他のＧＩと違ってツルゲーネフの森を抜けてキャンプ地へ向かう」とフーに言った。

戦前、あるインテリが名付けたという「ツルゲーネフの森」は別府公園を抜ける道をいった。県殖産館（現青山小学校）あたりから別府球場の横を通り、つつじ園を抜ける道は松林の中にあった。

「マリー、あの野郎を野球場近くのつつじの茂みの中でやろう。オリーブを説得しろ。あのオリーブの命名はマリーの傑作の一つだ。あの娘、まったくポパイの恋人そっくりじゃねえか。パンパンスタイルでなくアメリカン・レディーの服を着せろ」

正義の味方ポパイならぬロジャースが、ポパイの恋人のオリーブが襲われる所に現れるというストーリーをフーが説明すると、やっとマリーは元気を取り戻した。

九月末のロジャースの給料日。マリーはオリーブにアメリカン・レディーの服を着せた。オリーブはフーが創作したストーリーを聞くと大喜びした。

「マリー姉さん、フーさんが私を強姦するのかい」

「馬鹿だね、オリーブ。強姦の真似をしてお前の腹の上にフーさんが乗るだけだよ」

それでもオリーブははしゃいでいた。

ロジャースは東京ハウスの近くのパンパン・ハウスで遊んだ後、ツルゲーネフの森へやって来た。彼は誰と人目も解らぬほどの夕闇の中、マリーが、繁みの中からロジャースがやって来た合図をすべく、つつじの木を三度揺すった。

「オーノー・ミスティーク・オーノー……、ヘルプ・ミイ、ヘルプ・ミイ、アイ・アム・アメリカン・ガール、アメリカン・ガール……」

大男ロジャースは声のする方に駆け出していった。オリーブにそっくりのアメリカン・レディーが、黒メガネをかけ、アロハシャツを着たジャパニーズ・モンキーに襲われていた。ポパイになれ、ロジャース！　ロジャースは正義の男として、モンキー野郎を足蹴りにしようとした。

その一瞬、フーは一回転して立ち上がり、空中を跳び、その右足の先でロジャースの顎の下の喉仏の真ん中に一撃を喰らわした。大男のロジャースはどっとくずれ落ち、そのまま気絶した。オリーブは息を弾ませていた。そして少し落ち着くとフーに文句を言った。

「フーさん、速すぎるよ。もう少しドラマがあるかとわくわくしていたのに」

マリーが藪から出て来てフーに言った。

「フーさん。もう少しこいつを懲らしめてやんな、これじゃどうしようもねえ」

「いや、マリーこれ以上やるとＭＰが動きだす。悔しいけれどレッド・ローズのお礼参りはこの程度だ。敗戦国日本の悲劇は赤い薔薇の花の悲劇なんだ」

マリーはロジャースをハイヒールで一度蹴った。そして、唾を吐きつけた。

「やいロジャース、夢の中でローズに呪われろ」と叫んだ。

オリーブはフーにボタンのはずれたブラウスを見せた。

「フーさん、ボタン全部とって欲しかったよ。今日は帰るまでこのままにしとくんだ。フーさんの吐息の香りが残っているからね。フーさん、今日のスタイルすばらしいよ。なんたって最高のアプレ・ゲェールだよ」

この年、昭和二十二年の夏、若い男たちの間でアロハシャツが大流行した。パンパンの原色のドレスに負けてなるものかと日本の男たちがハワイアン・スタイルに挑戦し始めたのである。派手な原色の半袖のシャツをズボンの上に垂らして歩きだしたのである。

フーはレッド・ローズを大胆にあしらったアロハをマリーに頼んでいた。フーはそれを脱ぐと地味なシャツに着替えた。こおろぎが鳴き、黄昏が夜へと変わる。

マリーはフーに言った。

「フーさん、重たい芝居だったね。今日の芝居は変にうすら寒い気持ちになっちゃった。こんなもんかねえ」

マリーはツルゲーネフの森を過ぎて町中に入りかけるとフーに尋ねた。

「フーさん、どうして白人はあんなに冷たいんだい。黒の方が少しは優しいよ」

「マリーそれはね、奴らの神の色が白いということだ。奴らは自分たちの神を信じない奴を虫けらのように扱う。神を信じる者のみが神から祝福を受ける権利があると思い込んでいる。ロジャースにとって、レッド・ローズは単なるイエロー・スツール、そう、黄色い便器にすぎないんだよ。しかし、ハニーの恋人のブラウンみたいな奴もいるがね。神がこの世に誕生してから世の中に殺人や戦争が絶え間なく起こるようになったのさ。神は、心の中に優越感を植えつけるんだ。神を信じる奴は信じない奴を軽蔑するんだ。だから永遠に争いごとが起きるんだ」

「フーさん、神を信じるロジャースにとって、レッド・ローズは単なるイエロー・スツールかもしれないが、私の心の中には消えない面影として残ったね。神なんかどうでもいいや。あんなもん、白い野郎にやっちまえ。私はねフーさん、ナムアミダブツと言うだけだよ」

光を失い艶もなく青ざめた冬の夜の薔薇の花をフーは思った。絹のすれあう囁きのような恋の喜びさえ知らず、十七歳の若さで死んでいったレッド・ローズよ……。お前は不幸の中でしか生きられなかったのか。

「ろくなもんじゃねえ」とフーは夜空に向かって小声で呟いた。

海門の辰の怒り◉第九章

あっという間に昭和二十二年（一九四七年）は過ぎた。戦災孤児たちも幾分少なくなった。それでも数百人の孤児たちが別府の町にいた。海門寺公園の六人は次の年も一緒にモク拾いをし、靴磨きをして生き続けていた。

性病が激増していた。パンパン狩りというのが強引に行われていた。MPがジープで突然にやって来て、パンパンと周辺の女性をあたり構わずジープに乗せて連れ去った。一般の主婦も素人娘も関係なく性病の検査の対象とするようなところがあった。市民の非難の声をMPは無視できなかった。昭和二十三年の二月からMPの統制がなくなり、自主検診に切り替えられた。しかし、かえって性病が激増した。多くのパンパンが性病のために体を壊したり死に至るケースが増えた。

MPはこの年の七月に入るとまた動きだした。別府市警と保健所と合同でチームをつくり、新しいパンパン狩りに乗り出した。性病専門の県立花柳病病院（後に単に性病専門の県立病院となった）は、パンパンと女郎たちの専門の病院に指定された。遊郭（貸席）の女郎たちは月・金曜、パンパンたちは火・木曜に、強制的にこの病院で検査を受けることになった。女郎たちは病院に入りきれず、順番待ちして御幸橋近くまで溢れていた。だがパンパンは、病院の外まで続くほど順番待ちをしなかった。パンパンは逃げ廻っていたからであろうか。性病検査班はジープに乗って別府市中のパンパンを追い廻した。

昭和二十四年からはハウス・パスという検診証明書が発行され、日本側の自由検診制度へと移行した。そして、オンリーとキープには特別パスが渡され、いわゆる街頭やパンパン・ハウスでバタフライ行為をするパンパンと区別されていく。そして昭和二十四年以降、別府のキャンプの出入口、すなわち流川通りの十三丁目近く、山の手地域にキープとオンリー専用のハウスが急増されていく。当時、山の手地域のハウスは約五十軒。貧しい人々に比べ格段上の優雅な生活をオンリーとキ！プになったパンパンたちは送るようになる。しかし、彼女たちの運命を大きく狂わせる大事件が起こった。それは昭和二十五年六月に勃発した朝鮮戦争である。別府駐留の第十九連隊の兵士たちは朝鮮戦争でことごとく戦死する。後章で書くことにする。

パンパンを乗せ、ジープが別府の町を走るより、輪タクはもっともっと走った。最盛期、三百台以上の輪タクが別府の町を走っていた。

輪タクの名称は、リキシャ・アンド・タクシーを語源とする説が有力である。言うまでもなく「輪」は銀輪とか競輪の輪であり、自転車の輪からきている。タクシーは貸自動車（当時はそう呼んでいた）のことである。輪タクは人間が二本の脚によって運行する機械である。その機械の上にビニール仕立ての箱がつき、その箱の中に人が乗るというわけである。人力車と自転車が一つのセットになったという由である。

では、この輪タクが別府の町でどうして、それほど流行《はや》ったのかを見てみよう。それは相乗りが可能な箱型だったからである。アメリカ兵はよく仲間と二人でこの輪タクに乗った。流川のキャンプ入口と冨士見通り（現在の市役所前で中断していた）のキャンプ入口の二カ所に輪タクは蝟集《いしゅう》し、パンパンたちの集まる海門寺公園や流川のパンパン市場に運んだ。たいがい二人がひと組となり、彼ら兵士はパンパンのもとへ行った。帰りは富士見のゲートも流川のゲートも坂道である。輪タクはアルバイトを雇って車の後を押させた。

輪タクの効用は他にもあった。朝見川の川べりには常時一台の輪タクがＧＩたちを待っていた。黒人兵の一部はこの輪タクの車内で輪タク専属のパンパンとショート・タイムを遊んだのである。「ハロー・リキシャ」と「カモン・プリーズ」の合い言葉ですべてが決定した。パンパンは中から、「カモン・カモン」と招き入れた。

昭和二十四年二月に、エンジン付き輪タクが登場した。この頃から輪タクの後押し屋は少なくなったのであった。

マリーも東京ベティもこの輪タクを利用した。輪タクを勝手に走らせ、GIを見つけると、輪タクの中から「ヘイ・カモン」と声を掛けた。話がまとまるとマリーも東京ベティも輪タクから降りた。そこにパンパン・ホテルがあれば入り、またシャッターが降りた軒下があればGIたちとそこでバタフライをした。そしてまた、マリーたちは空いた輪タクを見つけると次の仕事場に向かった。

こうしてマリーたちパンパンが街頭でアメリカ兵と妙な自由を謳歌していた頃、貸席の女たちも少しは揺れ動いていた。そんな彼女たちに大きな衝撃を与える事件が発生した。ミス・パラダイス誕生の物語について書く時がきた。この事件こそが、マリーとフーの運命を大きく変えたのであった。

まずは、一人の貸席女郎の逃亡場面から見ることにしよう。その女郎は海門寺公園の西側に隣接していた貸席「竜宮城」の女郎で名をお雪といった。

昭和二十三年の春浅いある夜。海門寺温泉の戸が締まったころ、降りかけた小雪は、やがて大雪となった。夜も十二時を少し過ぎた頃であろうか、海門寺温泉の処から公園を横切ってくる二つの影があった。二つの影は縺《もつ》れ合っていた。深まっていく夜のしじまを破る声がした。その声はかなり大きかった。

「畜生、畜生！　あたいはいい男だと思って一緒に逃げたんだ。それなのにお前なんかに捕まってしまうなんて、なんて運が悪いんだ。もう死んでもいいくらいだ。もう過去も未来も何もねえ、逃げていくところさえねえ」

「この馬鹿女郎めが、冗談じゃねえぞ。逃げたり、死んじまったりされたら、俺様は大損するんだ。お前の親に大金を用立ててやったのが分からねえのか。お前はあの色男、いや色男じゃねえ、事件師に引っ掛かったんだ。お前の前借金一年分の責任を俺が負っているのを知りながら、なんというざまだ。お前が逃げたら俺は竜宮城のおやじにお前の前借金を弁償しなきゃならねえんだぞ」

「そんことうちは知らん、うちは父ちゃんに売られたんや。お前が損をしようとうちの知ったことじゃねえ」

男は女郎の口を塞いだ。この大雪の中とはいえ、誰か一人でもこの女の喚き声を聞かぬともかぎらない。それ以上にこの女郎の言い訳が気に入らなかった。男は女の口を塞ぎ、一方の手で女を抱きかかえて、着物が泥で汚れるのもかまわずに急ぎだした。女はもうどうすることもできなかった。やがて二人の影が海門寺公園から消えた。

海門の辰（人々は彼をそう呼んだ）が一人の小娘を連れて竜宮城に来たとき、七十歳近い小男の主人はこの小娘を見るとこう言って笑ったのである。

「ねえ、辰ちゃんよ。この娘は色気はないし、男に尽くすようにも見えんけど、肌だけは雪のように白いのう。まあ、それくらいの金で済むのだったら仕方ねえのう」

そして小娘はお雪という源氏名を与えられたのであった。海門の辰はこのお雪が事件師の甘言に乗せられて連れ出された事情を主人に語った。竜宮城の主人は海門の辰の話に聞き入った。

海門の辰は正式な周施人の資格を持っていた。警察の連中とも通じ、決して法に触れるような方法では女を斡旋しなかった。彼は貸席、置屋のために貧しい家庭の年頃の娘たちを絶えずチェックし、ノート数冊分のリストを作成していた。そして、多方面から情報を得ていた。そのシステムを大分県内のみならず、福岡、宮崎、熊本、そして特に四国の愛媛県にも持っていた。貸席や置屋から入る電話一本ですぐに娘たちを獲得すべく動きだした。女を世話する場合、身元から経歴書まで調べ上げた。未成年の女には特に注意した。戦後とりわけ規制が厳しくなったからだ。また、ズブの素人女でも身元の曖昧な娘には手を出さなかった。海門の辰は、この海門寺にしっかりと地に足をつけた周施人であった。

周施人が娘を連れてくるケースを桂庵玉《けいあんだま》といった。東京ではGHQの売春関係法規が厳しく適用された。周施行為に処罰規定が設けられていた。だが別府では周施人と警察は密接な関係を続けていた。なお、別府では貸席という言葉が使われたが、山口では待合、広島では特殊下宿、東京ではカフェーといった。

海門の辰は、主人に次のように語ったのである。

「旦那、近ごろはいけませんや。素人娘を甘言で連れ出して、ヒロポン打ってボロボロにしたり殴ったりして貸席業者に安く売り飛ばす事件師が別府の町に増えてきやんした。女は騙されていたことを知ると、やがて親に知らせたり警察に届けたりして大騒ぎになります。どうかひとつ安い買物をして警察の連中の心証を悪くしないようにして下さいよ。『女を働かせるから』と言って、前借金の手数料を取る借金詐欺専門のブローカーも多くなりやんした。どうか妙な奴のいう言葉には気をつけて下さい。この前も『いい働き口を世話する』と女を連れ出して一カ月の間に、小倉、戸畑、築城と転々と売り渡しては逃げて別府でとうとう捕まった事件師がおりました。あの痩せぎすの少し片足が不自由な男ですぜ。私しゃ彼を騙し、サツに連絡し逮捕させました。

昔は宮崎や愛媛の農村の子が多かったんですが、今じゃ、北九州や大阪の工業地帯から娘がどんどん別府に流れてきます。ほとんどが男に騙されるんです。『女中求む』の貼り紙で女を募集し、パンパン・ハウスに売り込んだ男もこの前逮捕されました。旦那、警察のお偉方の所へひとつ貸席のみんなと一緒に行って相談して下さいよ。パンパン！　こいつはそのうち貸席の大きな脅威になりますで。愚連隊の連中もパンパンとグルになっていますしね。

いやいや、今日は本当にご迷惑をかけました。今日のところはどうか勘弁してくんなせえ。若い者にお雪を十分見張らせていますから。それに旦那、近いうちに対馬の女郎小屋にお雪を〝島流し〟にします。お雪の代わりに、ここ一週間以内に、とびっきりの女を連れて来ます。もう向こうの親とはほとんど話がまとまっています。いや、農家の小娘じゃありません。きちんとした勤め人の娘ですよ。こいつは少し学問をしているし、いい娘でさあ。

おっと、お雪ですがね、あの女郎は鞍替えしなきゃ他の女郎たちにも示しがつきませんからね。対馬の男に明日の朝すぐに電話を入れます。あの島に流されりゃ、お雪はあそこで一生を終えるしかねえ。使いものにならなくなったら、子守りか皿洗いかするでしょうよ。旦那、一週間以内にお雪を二人の若い奴と一緒に対馬へ行かせます。もう少し待って下さい。金は旦那にびた一文損をさせねえ。これが海門の辰の昔っからの仁義ってやつでござんすから」

お雪が竜宮城の物置き小屋に幽閉されるほんの数日前の朝、人分駐留軍司令部のメロン大尉なる人物が別府保健所を訪ねてきた。

大泉所長は例によって性病対策の不備をつかれるものと覚悟を決めた。しかし、所長は通訳から伝えられるメロン大尉の言葉に驚きの色を隠し切れなかった。メロン大尉は所長に次のように命令したのである。

「日本は世界の中でも最悪の売春国家である。この旧時代の制度のために前借金という荒縄で縛られ、自由を奪われた女たちは男たちの玩具扱いされている。私はかの女たちを解放するためにここに来た。

イイデスカ、今からすぐに貸席の娼婦たち全員をここに集めなさい。私は彼女たちに人間の道を教えて、純白、清潔なる女になるよう説得します……」

所長は驚き、メロン大尉に「ジャスト・ア・モウメント・プリーズ」と言った。メロン大尉を保健所に残し、部下の一人と裏銀座にある「特殊飲食店組合」の事務所に駆け込み、メロン大尉の意向を伝えた。その日の午後一時に貸席の女郎たち五、六十人が強引に保健所に集められた。そこでメロン大尉は彼女たちを前にして演説をした。

「あなたたちは因習と搾取から解放されるべきです。正業に就きなさい。正業に就きたい人はこの保健所に来て係官に申し出なさい……」

貸席経営者たちは驚き、対策を練った。そしてこの会合に出席するために五、六十人の女郎たちを個別に説得した。これが効を奏した。それから数日経っても、一人の女郎が保健所にやって来たのみであった。その女郎へメロン大尉は、水商売をやめること、事務員か電話交換手などの正業に就くように説得した。メロン大尉の話を聞いて、その女郎は貸席を去るのを諦めた。就職難の時代にどうして貸席の女郎に事務員や電話交換手の仕事が廻ってこよう。メロン大尉と所長の前でその女郎は言った。

「更生しようと思いました。しかし、どうして更生できましょう。考えを変えました。今までの仕事をより一層頑張るだけです」

昭和二十一年十一月四日の次官会議での通達に基づいて、警視庁では、東京の集娼地域(吉原、新宿、洲崎など)を指定地域として〝赤線〟で囲んだ。以来、女郎という名は消えた。公式には従業婦、一般には女給、赤線女給、特飲女給と呼ばれた。しかし別府では、従来通り女郎と呼ばれていた。従って、ここでは女郎の言葉を使用する。

当時の竜宮城を見てみよう。オールナイトが八百円から千四百五十円(売れっ子の美人娼婦は値段が高かった)、午前零時を過ぎると割引で五百六十円。ショート・タイムは三百円。身代《みだい》は一割が組合費、および衛生費となる。この中からヤクザ対策費が出される。天引きされた九割を、女郎と帳場が折半する形であった。この形を玉割《ぎょくわ》りといった。折半の形は戦後になってからである。そして、花代の四割五分が部屋代、および夜具他として徴収される。その他着物代、化粧代……と諸々の費用がかかった。そして少しずつ前借金を引かれると、女郎たちはいつ郭《くるわ》から去ることができるのかと絶望的になっていくのである。お雪も借金が殆ど減らず、毎日悶々として生きていたのであった。

別府の貸席は至る所にあった。浜脇、住吉神社裏、楠町、行合町……当時の貸席は約百二十軒、従業婦人四百名（公表数）。しかし、もぐりを入れると百五十軒以上、五百人をはるかに超える女郎たちがいた。これに貸席の形態をとらないものを加えると一千人以上の女郎がいたであろう。パンパンの二千人を合わせると三千人以上。それにもぐりの日本人相手の街娼がいたのである。

この女郎が竜宮城に帰ったころ、マリーはたまたま保健所にいたキャンディからメロン大尉の話を聞いた。

「メロンの馬鹿め、正業とは何をぬかすか。パンパンは天下の正業なんだ。あのメロンの野郎、いつもツルミ・ダンスホールでパンパン・ダンサーを漁ってるじゃないか。なめた野郎だぜ。奴はどれだけ女を泣かせりゃ気がすむのか」

「マリー姉さん、その女郎さんを姉さんは知っているよ。いつも風呂桶をゆらりゆらりと揺すってさあ、にこにこして温泉に向かう人だよ。姉さんはその女の人とよく話をしていたじゃないか。その時のあの女の人さ、姉さんに『私もパンパンになれたらいいんだけど』って言っていたじゃないか」

「ああ思い出した。あの女だ。紺地の単衣《ひとえ》に白っぽい袢纏《はんてん》一枚引っ掛けて風呂にいつも行くあの女だ。よしキャンディ、あの女を待っていよう、もうすぐ風呂に入りに来る時間だ。ひとつ話を聞いてみよう」

それからマリーとキャンディは海門寺公園の入口近くに立ってその女を待った。いつも通りの時刻にその女は、例によって風呂桶をゆらりゆらりと揺らしながらやって来た。マリーを見ると、やはりいつもの笑顔で「こんにちは」と挨拶した。その女郎をマリーは温泉の横の静かな場所に誘った。その女郎は「マキエ」と名乗った。そしてメロン大尉の話をマリーにした。キャンディの言った通りだった。

「私は諦めました。借金がまだ残っているからです。だから竜宮城で頑張るしかありません」と言った。それから彼女はもっと何か話したい風であった。

「何かあったのかい、どうしたの」と、マリーは彼女に聞いた。

「マリーさん、お願いがあります」マキエは意を決して喋りだした。

「私の友人のお雪をご存じでしょう。いつも私と一緒に風呂に入りに行く女です。一度か二度、彼女はあなたと話したことがあります。憶えていますか」

「憶えてるよ。何処か勝ち気なところがある人だね」

「そうです、あのお雪です。お雪は客に取ったある事件師に騙されて竜宮城を逃げ出したんです。周施人の海門の辰に捕まり、今二階の物置小屋みたいな処に入れられているんです。彼女、あと一日か二日すると対馬に流されるんです。もう二度と、別府どころか福岡や長崎の地も踏めない。一生対馬で暮らすしかないんです。ただ同然で働かされていつか捨てられるんです。彼女を助けてやってくれませんか」

それは突然の依頼だった。マリーは慌てた。しかし彼女はすぐに承知した。それがマリーのマリーらしいところであった。彼女は事の成り行きを深く考えないで行動した。しかし、それがマリーの長所だった。深く考えるとは行動を控えることである。踏みつぶされそうな雑草のような命を見ると、マリーの心はぼうぼうと燃え上がるのであった。

マリーはマキエに彼女を竜宮城の外に連れ出す方法があるかどうか尋ねた。

「ひとつだけあります。全くの着の身着のままで何ひとつ持たなければ、便所に行った隙に見張りの男の眼を逸らせばいいんです。お雪は便所に行く振りをして逃げ出すことができます。お雪は便所に行く振りをして逃げ出すことができます。私はそっとお雪の小屋に近づき、このことを書いた紙きれを戸の中へ入れます。お雪は便所に行く振りをして逃げ出すことができます。どうでしょうか。マリーさん、マリーさんがリリー・クラブをやっつけた話、私も聞いたんです。とても感激しました。私も友達を助けたいんです」

マリーはマキエも一緒に逃げたらと勧めた。

「私は羽を隠した蝶になります。光を求めて飛び去ることはできないのです」

マリーはマキエの心意気にぞっこん惚れた。今日の夜のために、マリーは東京ベティとオリーブに新しいパンパン服を一式買ってくるように命じ、自分のバッグから金を出し渡した。一瞬のうちに着替えさせ、化粧をしてやらねばならない。そして、一流のパンパンとして別府から堂々と立ち去らせてやらねばならない。度無しのうす茶色の大きな眼鏡をキャンディに買いに行かせた。靴も少し大きめのものを用意することにした。

マリーはフーに、今晩決行されるこの計画を話した。

「マリー、いいかい、今日の芝居は特に危ない。いいか、東京ベティにもオリーブにも、そしてキャンディにもよく事情を説明しろ。成功しても決してこの事件のことを口外してはならんとな。一言でも喋ったら、お前たちは別府にいられなくなる。海門の辰は日本刀を振るってその喋った女を折檻し、首謀者を割り出してきっと殺すだろう。それに逃げたお雪もマキエも危うくなる。それにだ、今回は俺の出番はなさそうだな」

「ごめんよ、フーさん。あんたに心配させてさあ。あの海門の辰の眼は鋭い。盆踊りの時はみんなに笑顔を振り撒いて踊っていたけれど、あの時だって奴の眼は辺りをジロジロと眺め廻していたんだ。フーさん、あんたの言う通りだよ。お雪には大金が掛かっている。

それに海門の辰の信用もガタ落ちになるだろうしね」

マキエの計画どおり、お雪は着の身着のままで裏門を出た。それをマリー一味の女たちが彼女を囲むようにして海門寺の山門の中に連れ込んだ。キャンディが山門の前で口笛を吹いて番をしていた。マリーと東京ベティ、そしてオリーブの三人が下着から服、靴まですべてパンパン・スタイルにし、最後に色メガネ、首にスカーフを巻きつけた。そしてつばの広い帽子まで被せた。マリーはお雪に言った。

「さあ、もう一人パンパンが誕生した。今日からあんたは、ミス・パラダイスと名乗りな。キャンディがあんたを福岡の芦屋まで連れて行く。そこで私の友人に会いな。彼女には電話しておく。

いいかい、ミス・パラダイス、その友人にも、他の連中にも、誰一人として過去を喋ってはいけないよ。あんたは勿論、他の連中にも迷惑がかかるんだからね。さあ行きな。堂々と海門寺公園を横切って、別府駅へと向かいな。姿勢をまっすぐにして、海門の辰に会おうと子分に会おうと、竜宮城の用心棒にだろうと、眼が合ったら睨み返してやりな。さあ、キャンディが待っている」

ミス・パラダイスはマリーと東京ベティ、そしてオリーブに頭を幾度も下げた。その一瞬、お雪はミス・パラダイスに完全になり切る覚悟ができた。キャンディと腕を組んだ。

竜宮城の裏門にも二人の男が辺りを見張っていた。キャンディとミス・パラダイスに眼をやった。二人のパンパンはマリーの忠告どおり二人の男を睨み返した。

海門寺公園に入ると、ベンチにフーが座っていた。キャンディはフーに眼で挨拶した。ミス・パラダイスはパンパンというひとつの言葉に命を懸けた。その言葉はひとつの顔であり、情熱の器であり、何よりも現実であった。

ミス・パラダイスが歌いだした。その歌は当時、パンパンの歌として歌われたものだった。

星の流れに身を占って
どこをねぐらの今日の宿
すさむ心でいるのじゃないが
泣けて涙もかれはてた
こんな女に誰がした

キャンディは口笛でミス・パラダイスの歌に合わせた。
「キャンディ、さあ福岡に行って商売するかい」

「マリー姉さんに似ているよ、ミス・パラダイス。あんた、すごいパンパンになるよ。さあ行こう」

サブとミイ◉第十章

フーは六人の孤児たちに頭を悩ませていた。悲観主義者のミノルが一人でフーのもとへやって来たのは、ミス・パラダイス事件からほんの数日後のことであった。桜の花が咲き始めていた。陽の色も深まり、風薫る春の宵のベンチで本を読んでいたフーに、ミノルが「相談したいことがある」と言った。

「フーおじさん、深沢清と名乗るおじさんが僕に駅前で声を掛けてくれた。絵描きだといっていた。『希望の家』というのを建てたから、一緒に暮らさないかと言うんだ。そのおじさんは浮浪児たち皆に声を掛けていた。しかし、流れ者の浮浪児たちはそんな気をとっくに失っている。彼らは別府だけでなく全国を流れ廻っているんだ。僕は住所を聞いた。そして近いうちに行きますと答えたんだ。だからおじさんに相談しようと思って来たんだ」

「ミノル、お前は偉いぞ。この前も境川でおじさんが言ったろう。警察が浮浪児狩りをますます厳重にやり出すって。もうお前たちでも安心はできない。ここに出入りする警察の一人がおじさんに言っていたぞ。海門寺公園にも来る予定があると。おじさんは、お前たちは不良行為をしていないからとは言ったがね」

「おじさん、ここに来る警察の人から僕もその話を聞いた。『お前たちを近いうちに施設に入れなければならない』って。サブは笑ってたけど僕は本当だと思う。『希望の家』に入りたいと思う」

「よしミノル、善は急げ、だ。ちょっと待ってろ。パンパンの姉ちゃんがラブレターを取りに来る。お前なあ、おじさんが石鹸貸すから、そこの池のところの水道で、顔と手だけでも洗っておけ」

あるパンパンへのラブレターを翻訳した便箋をフーは封筒に入れた。GIのラブレターほど別府基地の情報をフーに教えてくれる材料はなかった。

そのパンパンへのラブレターの中で、GIは将校たちがいかに身勝手な行動をしているかを書いていた。パンパンが英語を解する力なきを知りつつ、自らの心をラブレターの形で吐露せざるをえないGIにフーは一種の哀愁を見た。パンパンたちに英語を勉強し、意思を通じ合えと説得したが、パンパンの殆どは努力しなかった。しかし、オンリーやキープになりたいというのであった。

「よし行こう、ミノル。おじさんと一緒に行こう。その深沢清という人に会い、お願いをしよう。ミノル、お前は一人でそこに入れ。決して他の連中を誘うな。お前がそこで立派に成長していく姿を残りの連中に見せるだけでいい。彼らも考えを変えるだろう」

「フーおじさん、僕もそう思ってたんだ」

希望の家は春木川河畔にあった。長屋風のバラックと畑と鶏小屋があった。昭和二十一年九月、深沢清の情熱を応援する市民の尽力で建設が始まった。別府大工組合が無料奉仕をした。親を失い、良心さえ失いかけた孤児たちを明るく抱擁し、夢と希望を与えたいという意味で「希望の家」と名づけられた。大野町土師《はじ》の後藤みさという若い女性が寮母になるべく自らそこにやって来た。「やーい、せむし」と言われ、駅前で乞食をしていた障害を持つ少年を深沢清が的ヶ浜の自宅に連れ帰り世話をしたのが「希望の家」の建設への動機となった。

昭和二十二年五月にはほぼ完成した。浮浪児九名が入居した。門司高女出の稲積志津子（当時二十一歳）はミシンを持参して彼らの手助けに加わった。古着を捜し求め、仕立て直して孤児たちに与えた。

フーは深沢に会ってミノルの入寮を願い出た。物静かな中に熱情を秘めた深沢清とフーは戦後の別府についてしばし話し合った。「希望の家」では庭の手入れ、掃除、魚捕り（春木川で魚を捕り食卓にのせた)、鶏の世話、畠仕事などを各々が分担していた。

帰りぎわフーはミノルに言い聞かせた。

「ミノル、お前はここで希望という言葉が何を意味するのかを考えろ。深沢先生はお前を石垣小学校に連れて行ってやると言われた。ミノル、学校に通って勉強しろ。新しい自分を少しずつ発見しろ。勉強できる喜びを心の中で感謝しろ。いいかミノル、お前は別れを言いに明日、サブらに会え。境川で魚を捕った道具一式はお前にプレゼントしよう。魚を捕ってみんなで食べるがいい。海も近い。海の魚を捕る簡単な方法もそのうち俺が教えてやろう」

「フーおじさん、乞食、浮浪児と言われて、僕よく喧嘩したけれど、我慢を続けた。学校でも言われるだろうけれど歯を喰いしばって我慢する」

「俺はな、別府にいる間は時々訪ねてきてやる。よし、お前はもう今日から不良少年でも乞食でも浮浪児でもない。立派な一人の少年だ。石垣小学校に通う少年だ」

ミノルは石垣小学校の五年生として通学した。フーの助言のとおり、学校から帰ると、いつも春木川で魚を捕った。春木川の中にシマを五つも六つも作り、順番にシマを壊し、また作った。ミノルの目標はフーがやって見せた岩の中に手を入れて鰻やカニを捕まえる方法だった。そしてミノルはついにその技を獲得した。フーが訪ねて来ると、ミノルはその技術を披露しフーを喜ばせた。もう、すべての道具は必要がなくなった。腕一本でバケツ一杯の魚を自由に得たのである。

そんなミノルを気に入らない中学生の一人がある日、魚を捕っていたミノルを脅した。

「ミノルとはお前か。なまいきな奴だ。明日、皆でお前を殴ってやる」

翌日、「先生の用事で、ちょっと別府に行ってくる」と言ったままミノルは姿を消した。同級生みんなが市内を手分けして「ミノルくーん……」と捜し廻った。

数日後、ミノルは中津のカトリック系少年施設のドン・ボスコ学園に収容されていることが判明した。石垣小学校の校長、担任教師、同級生の仲間二人がドン・ボスコ学園に出かけミノルを説得した。もう一度学校に帰ってほしいという、彼らの説得に、ミノルは心を閉ざして応じなかった。四日後、ミノルは強制的に別府署に連行された。フーは深沢から連絡を受けるとミノルを訪ねた。

「ミノル、あの境川の川岸で皆で歌った〝誰か故郷を思わざる〟を忘れたのか。お前は父さんも母さんも失った。そして今、お前は心の故郷さえ失いつつあるんだぞ。つらい気持ちは分かる。お前を受け入れてくれた『希望の家』はお前の故郷なんだ。失ってはいけないものなんだ。同級生と一緒に勉強しろ、上級生や中学生から殴られるぐらいでへこたれるな。いつか、悔しさがバネになる」

ミノルは頷いた。別府警察署を出て海岸沿いに歩き、春木川河畔の「希望の家」に向かった。

翌日、ミノルの姿を見た同級生たちは、校門までミノルを迎えに全員教室を出た。そしてミノルを胴上げして迎えた。ミノルは空高く舞い上がったときに、門の外の茂みの中に去りがたく立つ深沢とフーの姿を見た。希望という名の言葉を心に抱くことは、空高く舞い上がることであり、しっかりと大地に足を踏みしめることでもある。

「希望の家」の深沢清は昭和二十七年（一九五二年）、突然別府を離れた。

大分で浮浪児たちの惨状を見て、彼らとともに暮らし、当時の大分市長の木下郁（後に大分県知事）を動かして「わかば園」をつくった釘宮義人（現牧師）は、深沢清の消息をこう語った。

「彼はブラジルに行ったんです」

ネスゴロウたちの多いこの別府の町に深沢清なる心美しき人がいたことは奇跡に近い。別府の人々は彼の偉業を決して忘れてはいけない。深沢の「希望の家」が途中で挫折したとしても、彼が掲げた松明《たいまつ》、〝希望〟は今もその輝きを失わない。

ミノルの心配していた通り、この年の五月から海門寺公園でも浮浪児狩りが行われた。全国的には浮浪児は減っていたが、彼らの仲間うちで別府は一番生活しやすい場所であるとの風説が流れ、続々と浮浪児たちが別府の町に集まってきたからである。

当時婦人警官であった増田美枝子（仮名）はこう回想した。

「そりゃあ、浮浪児たちは町に溢れていました。数十人単位で数珠つなぎにして映画館に連れて行ったこともありました」

初代石井組組長の母親が、田川市後藤寺から末っ子の余市を連れて海門寺マーケットに住み着いた石井一郎を訪ねたのもこの頃である。一郎の末弟の余市は浮浪児と間違えられ、海門寺公園で遊んでいたところを別府警察署に連行されている。

母親が警察署に出向き事なきを得た。当時の石井を見るたびに増田は言った。

「ねえ、いっちゃん、あんた堅気になりなよ。あんたの母さんが心配して別府にまで来たんだろう。あんな連中とつきあってると、あんた本当のヤクザになっちまうよ」

石井一郎は後年、浜脇の元貸席「新都」を組事務所とした。この近くに住む増田に会うたびに石井は同じようなセリフを言ったのである。

「いや、姉さんには一生頭が上がらねえ」

六月のある朝、サブとミイに別れの時が突然訪れた。ミイが浮浪児狩りのときに逃げ遅れた。ベンチの隅でサブたちが集めてきた煙草の吸い殻をほぐして聖書を破いた紙で新しい煙草に再生する仕事に熱中していたからである。フーはミイが車の中に入れられる現場を見た。そして、知り合いだった警察官に「ぜひ浜脇の小百合愛児園に入れて下さい。私は後でお願いに上がりますから」と言った。

フーの願いは叶い、ミイはその日のうちに小百合愛児園に入ることが決定した。

小百合愛児園は浜脇のはずれの山中にあり、カトリック系の修道女たちが経営する孤児院であった。

サブはその日、駅前で靴磨きをしていた。彼は夕方仕事を終えて帰ってきた。仲間の三人はまだ靴磨きの仕事をしていた。フーはサブが帰るのを待ち続けていた。

「サブ、いいか、心静かにしておじさんの言うことを終わりまで聞け。ミイは今日浮浪児狩りに遭った。俺は知り合いの警官に、『ミイを小百合愛児園に入れてくれ』と頼んだ。そして警察署に行ってきた。ミイは小百合愛児園に入れたと、その警官から知らされた。あそこでなければ、ひょっとすると、別府以外の施設になる。それに小百合愛児園は、キャンプの裏に明星学園という学校を造り、そこに小百合愛児園の小学生を移している。たぶん、ミイも近いうちにその学校に入れてもらえるだろう。

サブ、お前たちも危ない。俺が今日、その警官から聞いたのだが、靴磨きをしている少年も全員浮浪児とみなして捕まえるということが決定したそうだ。お前も自分の人生を考え直す時が来たようだ」

サブはフーが一言一言丁寧に語って聞かせる話を静かに聞いていた。そして、フーがアッと驚くことをサブは喋りだした。

「フーおじさん、僕は今日をもって靴磨きをやめる。そして、新しい服を仕入れ、散髪屋に行く。フーおじさん、母ちゃんがくれたこの服を境川に焼きに行く。境川に一緒に行っておくれ。

もうひとつお願いがある。フーおじさんの隣に住んでいた人が去ったろう。その後に僕が入りたい。そして、僕は魚の商売をする。これは前から考えていた。やっと今日決心がついた。フーおじさん、この商売のことは後でゆっくり話す」

フーはサブを待った。サブは下着とゴム靴、そして白の半袖のシャツに紺のズボンを仕入れて帰ってきた。サブの顔に滑る六月の風は光っていた。

「フーおじさん、境川に一緒に行っておくれ」

フーとサブは境川に行った。フーが持参した石鹸でサブは下着を洗った。フーも一緒に洗濯した。そしていよいよ、母ちゃんがサブに与えた上着とズボンを燃やす時が来た。サブは石ころの間に上着とズボンを丁寧に置いた。そしてボロボロの衣類に火をつけた。炎がくすぶりつつ上がった。サブは静かに頭を下げていた。と、サブは叫んだ。

「父ちゃん、母ちゃん、今日からは僕は一人の男になる。服は焼いてしまうけれど、どうか悪く思わんでくれ。父ちゃん、母ちゃん、僕は男になる」

サブは宝石のように煌《きらめ》く眼を大空に向けた。唇を一文字に結んで。

「サブ、俺もちょうどお前と同じころ、小学校を出るとすぐ、母ちゃんに言ったんだ。『東京に行って、何でもして働く。そして中学に入り、高校に入り、大学に行くって』、何にもわからず、東京に行った。乞食のような真似をして生きてきた。お前と同じようなもんだった。心配するなサブ」

サブ、十三歳の夏であった。

サブは海門寺の中にあった水産会社の荷物運びになった。魚箱《トロばこ》を積んだり降ろしたりして働きだした。収入は以前よりは少なくなった。しかしサブは耐えた。他の仲間の三人は浮浪児狩りに遭い、佐賀ノ関沖の高島に送られた。そして秋が来た。ミイは蓮田小学校に四年生として入学したが、秋からは明星学園に移った。

私立明星学園は昭和二十二年六月三日、旧別府ホテルの跡地に開園した。小学校そして後に中学、高校が創られていく。開園当初は小百合愛児園長カルメラ女史（イタリア人）を中心に、四人のシスターと音楽、英語の各教師が教えた。

秋らしい気配がしてきた九月の初め、ミイからフー宛てに一通の手紙が届いた。

(フーおじさん。ありがとう。おじさんが私を小百合愛児園に入れてくれたことを先生から教えてもらいました。そして今、明星学園で勉強しています。先生に相談したら、フーおじさんとサブ兄ちゃんに会ってもいいと言ってくれました。いつか会いに来て下さい。)

開園当初の明星学園は一年生から六年生まで合わせて男女八十名。この全部が小百合愛児園からやって来た不幸な子供たちだった。

フーはサブを誘ってミイの学校を訪れた。黒衣のシスターが二人を迎えてくれた。教員室の中の長椅子に腰掛けていると、白いブラウスに青色のスカートを履いたミイが姿を見せた。サブはびっくりした顔でミイを見続けた。「境川で顔をきれいにした時よりももっときれいだ」とサブは思った。それにミイの眼は暁《あ》けの明星のようにキラキラと輝いていた。

「フーおじさん、ミイの眼がキラキラと輝いている」

「そうだ」とフーは言うと、立ち上がってミイの両肩を強く抱いた。

「私はハニーおばさんみたいに勉強する。そしてサブ兄ちゃんの嫁さんになるんだ」

それは仄明《ほのあ》かりに似た恋の芽生えの歌であった。再会を求めて、秘めた心を力いっぱいにミイは恋の歌に仕上げた。あの当時のおずおずした物言わぬミイとは全く違っていた。

「サブ兄ちゃん、今どうしている」と心配そうにサブに尋ねた。

サブの未来を想い、サブの心の刺《とげ》を抜きたいとミイは言葉を探した。

「僕は今、水産会社で働いている。もう少しここで辛抱するつもりさ。九月の末から魚の商売をする。僕は今、魚の勉強をしている。そしてどうやってお金を儲けるかが解ったんだ。お前もハニーおばさんみたいに勉強しろ。僕もフーおじさんから字を教えてもらい、少しずつ本を読んでいる。ミイ、そのうちまた来るよ」

フーが最後にミイを励ました。

「ミイ、ここに来られてよかった。中学部もできると聞いた。ここで勉強して中学まで行け。そして俺のところへ来い。なんとしてもお前を大学に行かせてやる。ミイ、お前が惚れたサブを一人前の男にしてやるから安心しろ」

三人はそれぞれ手を固く握り合った。フーはミイをいずれ自分の養子にしようと思っていた。すべては縁だ。理屈ではない。フーはミイとサブを結びつける糸を強く意識した。

風が吹いていた。サブとミイの間に風が吹いていた。部屋の外の草や木が風にざわついていた。小鳥が遠く囀いている。別れ際にミイがフーに言った。

「いつか、いつか、うんと勉強して、フーおじさんの東京の家に行く」

心一杯に湛えられた水が支えきれずに溢れようとしていた。抑えても抑えきれぬミイの小さな胸の訴えをフーは知った。

二人はミイに別れを告げると、緩やかなスロープを降って流川通りを過ぎて右に曲がった（当時の富士見通りはキャンプで中断されていた）。

ミイはサブの未来を思い、そして祈った。恋とは恋する人の未来を祈ることである。誠の恋とは祈りつつ生きる意味を捜し求めることである。いとしい人よ、明日も生きて欲しい。その願いこそが美しい恋の花を咲かせる。

ミイはサブの未来を思い、そしてそっと小さな手を合わせた。恋心に幼きも若きも老いもない。ミイはサブを想い、高らかに恋の歌を歌った。恥じらいの内に溶けながら、いつの日か蕾《つぼみ》の花は満たされる時の中で美しく咲くであろう。

帰り道、フーとサブは駅前のカストリ横丁のちょっとした空地に人が集まっているのを見て覗いた。乞食姿の母親と子供が何やら芸をしていた。三十を越えたと思われる女が三味線を弾いていた。そして何やら流行歌らしきものを歌っていた。三つか四つになる、薄汚い着物を着た娘が母親の歌に合わせて手拍子を取りつつ踊っていた。踊り終えると空缶を出して金をせびりだした。サブはポケットから十円玉を三枚取り出すとその空缶の中に入れた。フーは百円札を一枚入れた。母親と娘はフーとサブが去って行くまで幾度も幾度も頭を下げた。

「フーおじさん、僕はあの女の子を見てミイの浮浪児のときの姿を憶い出したんだ。あの子もきっときれいな子だよね」

「そうさ。あの娘は恥ずかしさと誇りのために震えているのだ。秋風にそよぐ蔓草のようにだ。姿で人を見てはいけない。人は皆、真剣に生きているとき、その姿は美しいものだ。俺はあの子をちっとも汚いと思って見ていなかった。あの子は母と真剣に生きてるんだ。サブ、人間はな、いろんな人間たちと混じりあって生きている。そして、どんなに辛いことが起ころうとな、サブ、心の中だけはキラキラと輝いていないといけないんだ。ミイは自分の中に何かを発見したんだ。もうミイは決して薄汚れた人間にはならない。ミイの顔は希望に満ち溢れている」

九月の末、サブは魚の商売を始める決心をした。水産会社に魚を納める三人グループに近づき、仲間に入れてくれるように頼んだ。

その三人組は各地に出向き魚を買いつけては、水産会社や闇市の魚屋に品物を卸していた。三人組はサブが子供であり、力がないから無理だろうと言った。彼らは、サブが魚箱を軽々と頭上高く掲げるのを見て驚いた。その中のリーダー格の男がサブに言った。

「よっしゃ、俺たちの仲間に入れてやる。明日は山口県の青海島に行く。闇米五升、仕入れとけ。それを向こうで売って、少し足りん分出せば、別府に帰りゃ大金が手に入るで」

サブはすぐにこのことをフーに告げた。

「フーおじさん、俺は今から魚商人になる。仲間の三人が承知してくれた。一週間覚悟しとけと言っていた。闇米五升を二つの竹の買物篭に仕入れて俺は青海島に行く。帰ったら報告しに来るよ。おじさん、アジ二匹別に買ってくるから境川で一緒に食べようや」

フーは承知した。サブはすっかり逞しくなったと思った。それから一週間してサブは三十センチ近くのアジ二匹を提げてフーのもとへ帰ってきた。サブはフーに次のように報告した。

「フーおじさん、別府駅から汽車に乗って小倉まで行き、そこからは、下関を通って正明《しょうみょう》市《いち》（現長門市）に行き、仙崎の港から渡し舟で青海島に行ったよ。そこはみんな漁師部落でさ、米五升を買ってもらって、闇市で買った分を引くと汽車賃と渡し舟賃が出たんだ。ちょうど海がしけてるというんで二日待った。そしたらアジを獲る船が出た。その日、漁師の一家が皆でアジを開いて塩を塗って大きな樽に漬けこんだ。翌日、そのアジを八円五十銭で買うことになった。仲間三人は大きな竹篭二つに四十匹ずつ入れて一人八十匹買った。ぼくは六十匹買うといったら、三人が『無理だろう。四十匹にしとけ』と言ったけど、僕は六十匹買ったんだ。おじさん、下関で捕まるかもしれんゆうんで、昼過ぎから最終列車を待って小倉に行った。そして、やっと今日帰ってきた。海門寺の闇市のおじさんが一匹二十五円で買ってくれた。だからおじさん、千円儲けたよ」

フーとサブは二匹のアジを持って境川に行き焼いて食べた。サブはサイダーを、フーは水筒に入れたカストリを飲んだ。闇焼酎を売る朝鮮部落のオバサンが水枕に入れて売りに来るのをフーは仕入れるようになっていた。

「サブ、いつまでアジ買いがあるんだい」

「アジの季節は十月から十一月の二カ月だって。海が荒れるから十二月はあまり期待できないって。それでも正月用のアジを仕入れに十二月も行くと言っていた。そのうち別の魚を仕入れることにしようとね」

「サブ、俺は今年いっぱいでここを去り東京に帰る。ここでひとつだけ発見した。マリーやお前たちと出会い、大きな力を得たんだ。

俺はな、マリーが竜宮城のお雪を救う場面を目撃した。そして自分の確かな目標を定めた。東京に帰ってから、売春禁止法を世に問うことにする。レッド・ローズの死も親が娘をパンパンにしたからだ。いくら実の親だってそんな権利があるものか。獣や鳥でもそんなことはしない。それを商売にするのを国家が認めているのも赦《ゆる》せねえと思うようになった。親が子供を売るのを法で禁止する以外に女たちは救われん。

サブ、お前もアジの商売が終わるまで頑張れ。そして一緒に東京に行こう。前にも言っただろう、俺の家は東京の郊外の畠の中にあるバラックだ。そこで一緒に住もう。お前は中学に入り、高校に入り大学に行け」

次の日、フーは魚を仕入れに行くサブに古本屋で本を買い与えた。サブは、中学二、三学年の読解力をあっという間に修得した。

フーはラブレターの翻訳と代筆を別府駅裏近くの上田ノ湯にある別府市中央公民館内の左側の小さな階段を降りたところにある図書館ですることが多くなった。当時、フーがいつ行っても三人か四人しか図書館にはいなかった。本を読むような時代でなかったからだ。

フーはこの図書館で、高校を出て浪人しているらしい青年によく出会った。大学受験の勉強をしていると青年はフーに語り、「英語を教えていただけないでしょうか」と言った。

フーは毎日少しずつ教え、自宅でやってくるよう宿題も出した。彼はある東京の大学の法学部を受験すると語った。それはフーの出身校であった。しかし、フーはそのことは言わなかった。ハニーと同じようにやさしい構文を教え、その応用編として、文章を書かせた。秋になった頃、その青年のところに姉が弁当を持ってやって来た。そしてフーに礼を言い、フーの分の弁当を置いていった。フーは青年と一緒に食事を取りつつ世間話もするようになった。そんなある日、青年はフーに次のように語った。

「私たちは小倉から流れてきました。空襲で母を失いました。父は戦死です。姉の力で私は高校を卒業することができました。東京で私たちの親戚が見つかりました。遠縁ですが、一部屋を貸すから出て来いと言ってくれました。大学に合格したら働いて姉に迷惑を掛けないようにしようと思います」

フーはそれから英語だけでなく、数学、理科、国語にいたるまで受験必須課目を全部教えだした。自分がかつて大学受験した当時を思い出しながら。

フーはある日、青年に告げた。

「君も近々別府を出るそうだが、私もこの別府を去ろうと思う。君にとって受験日までそう多くの日数はない。君にこのことだけは伝えたい。競争相手の三倍の速さで、三倍の量を頭の中に叩きこめ。そうすれば頭の回転がよくなり、理解力、そして記憶力も増す。私はかつて日本語を全く知らないシンガポールの青年を一年間教えたが、彼は完全にマスターした。正直言おう。君の勉強の仕方は生温《なまぬる》い」

物語はいつも予想より速く動きだすものである。特に運悪き物語というものは。フーと青年の姉とのちょっとした出会いから物語はあらぬ方向に急転回するのである。

「誠にありがとうございました。あなたのお陰で私の学力は上がりました。あの日から数十日、あなたが私に教えてくれた、三倍の速さで三倍の量を頭に叩きこむ方法を幾分かはマスターしました。猛勉強します。必ず目標とする大学に合格します。私たちは二、三日中に別府を発ち、東京に行きます」

「そうか、私も今年一杯だ。一年半別府にいたんだ。君に会えてよかった。しっかり勉強しろ。私は君が合格するのを固く信じている」

フーと青年はそう語り合い別れた。フーはパンパンの代筆をしていることは告げなかったが、青年はそれを知っていたに違いないと思っていた。いつも英和と和英の辞書を手元において手紙を書いていたのだから。

涙の花 ◉ 第十一章

マリーと東京ベティとオリーブ、そしてキャンディたちは、ふいと別府から消えた。彼らが帰って来たのは秋の終わり頃だった。

別府の町は賑わいだした。海の兵士たちが〝海の門〟に軍艦を横付けにして上陸してきた。パンパンハウスの女たちは一日に十人、二十人の海の兵士たちに抱かされた。マリーとその一味も彼らを迎えて多忙を極めた。

マリーは例によってフーのところへ立ち寄った。

「フーさん、ミス・パラダイスは活き活きとしているよ。芦屋のパンパンたちはマリー二世という綽名をつけたくらいだ」

「マリー、決して他の連中にこのことを自慢してはならない。油断大敵だということを忘れるなよ」

「そうさ、それは私の破滅の時だものね。ちょっと聞きたいんだけど、海門の辰はどうしてる」

「ああ、あいつか。あの日から何日も真剣になってお雪を捜し廻ったが、お前も承知の通り、きっぱりと諦めた。しかしだ、これは俺の推測だが、その噂が別府の貸席中に広まり苦労してることは確かだ。お雪の代わりに新しい女郎が入った。まあ、並の器量だなあ。それにしても、ミス・パラダイスとは妙な名前を与えたものだ。

何はともあれよかった。それに、伝えておきたいことがある。ハニーは正式に結婚を申し込まれた。ブラウンは、ハニーと結婚したいとアメリカの両親に手紙を書いたというから、これは本物だ」

マリーは少し寂しそうな表情をした。

「あ、そう」と、マリーは言って去って行った。

マリーがフーのもとを訪れた翌日の昼過ぎ、フーはアジの買い付けから帰ったサブとベンチで会った。サブはフーに自慢話をした。

「おじさん、今度は四日で帰れた。青海島に着くと、きのう塩漬けにしたというアジが僕たちを待っていた。それですぐに仕入れて帰ってきた。きょうも千円儲けたよ。仲間のおじさんが、二日ほど休もうやと言ってくれた。それで僕、あしたにでもミイに会ってくる。

珍しい貝殻を拾ったからミイに渡してくる」

会話をしている二人の前に人力車の車夫が近づいてきた。もう六十を越えていると思われるが、背筋は一直線にピンと張っていた。やや細面の顔を向け、少し背を屈めてフーに言った。

「あなた様がフーさんと申されますか」

「そうですが、何か私に用ですか」

「一人の女性が今夜東京へ行くべく別府を去ります。その方があなたに是非ともお会いして礼を言いたいと申しています。誠に申し訳ありませんが、その女性に会っていただけないでしょうか」

フーは全くその女性が誰なのか想像がつかなかった。

「それは構いません。しかし、どなたでしょうか」

「それはお会いしていただければわかります、と、その女性は申しておりました。是非とも宜しくお願いします」

車夫は、自分の人力車に乗るように再度促した。フーは応じた。

「こんな恰好でいいんでしょうか」

フーは国民服にゴム草履という姿であった。

「えーえー、そのままで結構でございます」

フーはサブに「アジの話の続きは帰ってからにしよう」と言い残して人力車に乗った。

老車夫は、フーを乗せると駅前通りを左に向けて車を走らせ、海岸に出ると右に曲がった。フーは自分がかつて人力車の車夫をしていた時代を思い出していた。それから車は流川通りを上った。ほんのしばらくすると車は狭い路地に入って行った。フーが一度も歩いたことのない路地であった。そこがパンパン市場と言われる場所の裏であることだけは推測できた。フーは何も考えなかった。すぐに車夫とともに海門寺公園に帰れるだろう、そしてサブとアジの話をしようと思っていた。車夫は車を止めた。

「フーさん、ここです。どうぞ降りて下さい。申し訳ありませんが少しだけこの路地を歩いて下さい。その狭い階段を昇り、戸を開けて下さい。そこにあなたにお世話になったと申している一人の女性がいます。では宜しく。私はここで失礼します。また、後で海門寺に送り届けますので、よろしく」

老車夫はフーが狭い階段を昇るのを見届けると去って行った。

黒みがかかった扉を押した。確かに車夫が言ったように暗い部屋の中に女性がいた。フーは驚いた。その女性は頭を下げていた。フーは全く理解できなかった。部屋は昼間だというのに厚手のカーテンで覆われていた。

「あの、申し訳ありませんが、そんな恰好で私を迎えないで下さい。私は海門寺公園のトントン小屋に住む一介の風米坊なんです」

　そのとき女は顔をあげ、フーを直視した。フーはおや、と思った。「あの人に似ている。しかし、まさか……」

「フーさま、私です。図書館であなた様にいつも教えを受けていた弟の姉でございます。申し訳ありませんが、そのサンダルをお脱ぎになって中へ入っていただけないでしょうか。そして、あちらのソファーに腰かけていただけないでしょうか。あなた様をここにお迎えした理由を申し上げたいと存じます」

　フーは応じた。そして狭い部屋の隅にあるソファーに腰を落とした。

　女は戸を閉め、そして再びフーの方に向くと両手をついてフーに語りかけた。小さな声であった。しかし、その声はフーの心を震わせたのである。大きく、大きく。

　女は言葉を一つひとつ紡《つむ》ぎつつ語りだした。

「フーさま、私はあなたが噂に聞いたと思われますが、〝ミス別府〟と申すパンパンです。これは私が自分でつけた名ではありません。弟から聞いたとは思いますが、戦争で父と母を失いました。そして誰も知らない土地に弟と二人で流れてきました。弟を高校に入れ、大学に行かせるために自分の考えでパンパンになりました。弟はずいぶん悩み、私に反抗しました。私は弟を説得しました。これ以外に生きていく道がありませんでした。これ以上、自分と弟のことを申しません。私は今夜、弟と別府を去ります。最後の日となりました。あなた様を一目見たときから好きで好きで……好きで堪えられないほどになりました。この気持ちを明かすことができないのは承知していました。しかし、自分に言い聞かせました。何もかも白状して抱いてもらえばいいじゃないかと。そして勇気を出すことにしました。アメリカ兵と毎日、ここでセックスしました。人は私を〝ミス別府〟と笑いました。フーさま、私はそれでもあなたが好きで好きでたまらないのです」

〝ミス別府〟と名乗った女はそこまで語ると、ハンカチを顔にあて流れ落ちる涙を押さえた。

「フーさま、たった一度だけのお願いです。このパンパンの〝ミス別府〟を、パンパンとしてでも結構ですから抱いていただけないでしょうか」

フーは静かに彼女の話を聞いていた。そして何か応えなければと思った。

「あなたは美しい。限りなく美しい。あなたが図書館に持って来てくれる弁当も美味しかった。それ以上にあなたの美しさに私は酔っていた。

私はトントン小屋に住む風来坊ですよ。あなたと違い、いい加減に生きている男ですよ。あパンパンたちのラブレターの代筆をしたり、翻訳したりして生きている風来坊ですよ。あなたほどの価値はない。あなたは生きている。確かに生きている。弟さんを大学に入れようと懸命に生きている。あなたは美しい。限りなく美しい」

「フーさま有難うございます。私をどうか抱いて下さい。どうか抱いて下さい」

フーは両手をついて哀願する女を抱きしめた。そして抱きかかえてベッドに落とした。フーは女の唇に己の唇を押しつけた。

「フーさま……」

女は一筋の涙を流した。フーはその涙に唇をあてた。

「ああ……嬉しゅうございます。このひとときをフーさまと会ったあの時から毎夜一人になると夢に見ていました。本当ですよ。偽りではないのですよ。フーさま……」

彼女は、フーの背中にその細く長い腕を廻した。そしてフーに接吻を求めた。すべての醜聞をさらけ出してこそ、誠の恋の喜びの時が訪れる。そして情熱が勝利を収めるのである。

恋心、その恋心が生む恋情は、その深さに応じてそれを遮ろうとする深い根を生む。しかし、恋する者は諸々の美しい感情の萌芽を圧し殺さんとするその根を断ち切らねばならない。もう失うものは何ひとつない。彼女はそう思った。自らを愛しい男の前で全部晒して見せた。そして今、一衣まとわぬ姿となって恋する男を迎えるのである。彼女はかくて身の軽さを感じた。清浄なる恋を成就《じょうじゅ》させる時を迎えた。暗黒の日々も透かして朦朧《もうろう》たる幻影がうつつ姿となって、燃えて歓喜に輝く。かくて愛は果実となり、感覚の門が開かれるのである。彼女は両目を深く閉じ、吐息のような声を出した。閉じた彼女の目は恋する男の抱擁を受けなければ永遠に開かないであろう。さながら花の香りの中で、蝶が舞い続けるように、彼女は身の軽さを感じた。

「フーさま、寒うございます。凍えそうでございます。もっと強く、もっと強く私を抱きしめて下さい。どうしてでしょう。私の心の想いはこんなに高まり、赤い血潮が燃えたぎっているのに、寒うございます。フーさまもっともっと強く抱きしめて下さい」

彼女の痛ましいほどに一途な想いが、時が流れ去っていく感覚を失わせ、恋という名の迷宮にフーを誘った。彼女がカクテルグラスを差し出したことは憶えている。そして一杯、二杯と飲み干して、また彼女を抱いたことを微かに憶えている。それからフーは深い夢の世界に入って行った。フーは彼女から何か薬を飲まされていたのだ。そして彼女はこの部屋から去って行ったのだ。目が覚めると、時が随分と流れたに違いないとフーは思った。と、誰かが階段を昇ってきて、ドアの鍵を開ける音を聞いた。

「お目覚めになりましたか」

あの老車夫がフーに声をかけた。

「ミス別府は、あなたとお会いした後、夜汽車で弟さんと東京へ向けて発ちました。私は二人を見送った後、ミス別府からのあなた宛てのプレゼントを届けるよう頼まれたので帰ってきました。もしや目を覚まし、外へ出てはと思い、永い間下で待っていました。フーさんとやら、ミス別府から話を聞きましたぜ。あんた女性にもてる男ですな。あんたを初恋の人だと申していましたよ」

(フー様、有難うございました。これから二人で東京へと向かいます。今日の思い出を大事に胸に抱きしめて生きていきます。あなたを思いつつ、眠れぬ夜にセーターを編み続けました。どうかこのセーターを着て下さい。節子)


「今……何時ですか」

「もう、九時を廻っています」そして、彼女から頼まれたというセーターをフーに渡した。玉虫色のセーターであった。

「いや、誠に申し訳ない。なんと永い間眠ってしまったことか」

「フーさん、彼女が申していました。ほんの少しだけ眠り薬をカクテルの中に入れたと。そうでもしないと別れが辛いと申していました」

フーは納得した。そして深い眠りの中で妙な夢を見たことを憶い出した。

「ねえ車夫さん。私は実に妙な夢を見たんだよ。今まで一度も見たことがない夢をね」

「旦那、なんですか。ミス別府以外の女とでも出会ったとでもいうのですかい」

「いやいや全く違う。それはね、あなたと全く同じといっていい服を着た車引きの人が姿を見せたんだよ。そして妙なことを私に言ったんだよなあ。ちょっと待てよ。今に思い出すから。

そうだ思い出したぞ。私が一歳か二歳ぐらいの赤ん坊ではなかったかなあ。私が泣いているとね、その車夫は私をあやしてくれてね。こう言うんだよ。『ギーやんどうじゃろうか』と何回も言うんだよ。そしてね、両方の手の中指に鈴をつけてね、踊りだすんだよ。『ギーやんどうじゃろか』とね。そして、チンチロリン、チンチロリンと鈴を鳴らしたんだ」

すると、老車夫は全身を震わせて大声を上げて泣きだした。

「どうしたんです。ねえ、どうしたんです」と、フーは幾度も問うたが、その泣き声は大きくなるばかりであった。

夢は時に支離滅裂に、始めも終わりもなく沸き起こる。それからまた時が流れた。ゆっくりと車夫は顔を上げて、フーをじっと見つめた。そしてぽつり、ぽつりと言葉を途切らせながら、時に涙声になりつつフーに語りだした。フーはただただ驚いて老車夫の話を聞くのであった。

「フーさん、ミス別府からあんたを迎えにと頼まれて海門寺公園に行って、誰にも聞かず、すぐにあんたの傍へと一直線に行きました。あんたがフーさんだと直感したんですよ。

あんたの顔を見たとき、はて、と自分を疑ったんだ。どこかで見たような顔だとね。しかし、それ以上は考えなかった。今あんたから話を聞いて私は、あ、そうだったのかと思い出しましたぜ。あんたね、タケ坊だろう。たしかにタケ坊に違いない。いや憶い出したぞ、ひょっとしたら、里見武という名ではないかい」

フーは軽く頷いた。

「やっぱりそうか。よし、あんたにあんたのお母さんの話をして聞かそう。

あんたのお母さんはね、浮世小路の、そう、今あんたがいる浮世小路の一番人気の芸妓でね、竹の葉といったんだ。あれは、『なるみ』が出来て間もない大正五年頃の話だね。もう二十六、七年も前だよ。あんたの年は二十六か二十七だろう。そうだ、その頃にあんたが生まれたんだよ。『なるみ』が開業して間もない頃だったな。海軍の軍艦が別府に来て、みんな旗を振って迎えたんだ。あんたのお母さんはね、『なるみ』で海軍士官に会い一目惚れしたんだ。そしてあんたを産んだのさ。

今と違ってね、これは当時大変な事件だった。あんたの母さんはね、当時最も人気のあった美妓だったけどね、前借金で売られて置屋で働いていたんだよ。芸者を一枚、そして娼妓を二枚といっていた頃さ。あんたの母さんは一枚で三味線箱をお供に持たせて料亭に入ってはいたがね。浮世小路の入口に文明亭（現丸食）という西洋料理屋があった頃の話だよ。流川通りはまだ横側に浮き名を流す川が流れ、湯煙が立っていて、そこに名残を惜しむ橋、そう名残橋があった。流川通りには四角や六角などのガス燈があっちこっちにあったんだ。

明治の終わり頃には普通の家はもう電灯が入っていたがここは別だった。左の肩に脚立を担ぎ右手に掃除具、油容れを持って街灯の下に止まり、息で火を点し、また次の街燈へと走っていく若い衆に人気が集まった頃だった。浮世小路の入口近くに『なの字』という料亭があった。三京という旅館の半分が別府検番《けんばん》だった。そこには美妓が二百人も登録されていた。浮世小路に灯が点ると、芸者たちは検番を中心に八方に散っていった。置屋の玄関前はきれいに掃かれて入口には浪の花が盛られた。

芸者たちはみんな陽気であけっぴろげだったよ。あんたの母さんもさ。銭のない若い男たちは浮世小路の入口のところで人力車に乗って去っていく芸者を、歩いてお花を習いに行く芸者を見ようと群れをなしていた。この浮世小路も今じゃあ名刺屋やら菓子屋やらあるけれど、あのあたりは『なるみ』と『なの字』の板塀だった。その浮世小路の中に『桐壷』といった置屋があり料亭も兼ねていた。その置屋には後に、菊勇とか、おもちゃといった美人芸者が人気を博した。置屋『丸万』の隣りが置屋の『菊丸』だった。あんたの母さんはこの置屋『菊丸』の芸妓だった。菊五郎とか欣子とかいう美妓がこの置屋から出たが、あんたの母さんの後だった。しかし彼女たちでさえあんたの母さんには劣ったよ。あんたの母さんほどの美妓を私は知らないよ。

あ、少し話がそれた。儀ィやんのことをあんたに教えないとね。

儀ィやんは浮世小路の中にあった車夫の立て場の中でも人気者だった。儀ィやんがあんたの母さんの竹の葉を乗せて料亭に向かう姿は、それはそれは見事な絵のようだった。他に立て場が楠町と流川にあったが、なんといってもこの浮世小路の立て場が一番だった。私は儀ィやんとともにこの立て場で働いていたんだよ。儀ィやんは長身で美男子だった。だから沢山の芸妓が儀ィやんに惚れたんだ。不思議だねえ、あんた儀ィやんにどこか似ているよ。血の繋がりが全くないのにね。

とにかく儀ィやんはよくもてた。だけど、あんたの母さんにぞっこんだった。あんたの母さんはね、ある回船問屋の社長に身請けされることになったんだよ。大正初年だったか、楠温泉の裏に新丸満という置屋にナンバーワン芸者の幸路という女がいた。当時彼女が身請けされた時は三千五百円だった。当時は千円普請といって、千円あれば立派な家が一軒建ったんだ。だから竹の葉にはもっといい値がついただろうとみんなは噂しあっていたんだ。ちょうどその頃にあんたの母さんは海軍士官と一夜の恋に落ちて子供を身籠った。そしてそいつが菊丸の旦那とおかみさんにばれちゃった。菊丸のおやじは秘かにその子を堕胎するよう竹の葉に迫った。竹の葉は承知せざるを得なかった。そして儀ィやんの車に乗って、ある病院に向かったんだ。

それからが大変だった。儀ィやん一人が菊丸に帰ってきて、土間に手をついて主人にこう告げたんだ。

『旦那、まことに申し訳ねえ。竹の葉にその子を堕ろすなとわしゃ申しました。そして、ある所に竹の葉を置いてきやんした。どんなことがあれ、竹の葉は惚れた男の子供を孕《はら》んだんです。産ましてやりてえ。旦那、わしゃ、身代わりになって無一文で旦那のために一生を捧げやんすから』

菊丸のおやじは黙っていた。そしてものの十分も経ったろうか、ヤクザもんが三人来て、儀ィやんを殴ったり蹴ったりしたんだ。

『やい、儀ィやん、いい加減にしろ。竹の葉は身請けされることになってんだ。四千円の値がついたんだ。車夫風情の男に払えるわけねえ』

と菊丸のおやじは言ったんだ。儀ィやんは懐から財布を取り出し、菊丸のおやじの前に置いた。そしてこう言ったんだ。

『旦那さん、この財布の中に千円入っています。今はこれだけしかねえ。何年かかってもきっと竹の葉の身請け金を返すから辛抱してくんなせえ』

菊丸の旦那はヤクザもんたちに命じた。『かまわねえ、もっとやっちまえ』

すると儀ィやんは、菊丸のおやじにこう啖呵を切ったんだ。

『そうかい、旦那さん、よう菊丸、こうなったらお前と心中してやらあ』

儀ィやんは懐から今度はドスを出した。ヤクザもんはビビッて後ずさりした。菊丸の旦那にあと一歩と迫ったとき、後にいたおかみさんが叫んだ。

『よし、わかったよ儀ィやん。その千円をいただこう。そして、毎月二十円ずつ十年間、この菊丸に持ってきな』

儀ィやんはドスを懐にしまい、財布をおかみさんに渡した。そして、菊丸のおやじとおかみさんに礼を言うと浮世小路を後にした。そして竹の葉をどこかに連れて行ったんだ」

ひと息ついて老車夫はフーに尋ねた。「ひとつあんたに聞きてえ。あんたはどこで育ったんだ」

「僕は佐田岬の先端近くで母親に育てられた。母親は父は朝鮮で死んだと言った」

「そうか、やっぱりそうか。そこが儀ィやんの故郷だよ。あんたと母さんを浜脇の小さな桟橋から、自分の故郷へ連れて行き、親父とおふくろに会わせたんだ。儀ィやんの名は里見というんだ。あんたの父親は儀ィやんから聞いたことがある。確かシンガポールで諜報活動をしていて、イギリス兵に射殺されたとな。あんたの戸籍上の父親は、儀ィやんの父親になっているんじゃないかい。あんたの世話をし続けてくれたんじゃないかい」

「そうです。母は遠い親類の人だと言っていましたが。それ以上は説明してくれなかった。とにかく僕たちにいろいろと世話をしてくれたんだ」

「儀ィやんは浮世小路を離れて楠町の立て場に移った。そして、毎月二十円を私が受け取り菊丸に渡し続けた。二年経って、三日間だけ儀ィやんは楠町の立て場を離れた。その時にあんたに『儀ィやん、どうじゃろうか』と言ったんだよ。儀ィやんは働いた。そして、二十円を菊丸に入れて、残りの金から少しずつあんたの母さんの所へ送っていたんだ。

そうだ思い出したぞ。一度儀ィやんが別府を留守にした後だよ。いつも小さな袋を腰にさげていた。そして弁当食べるときも、その袋の中から塩をつまんでパラパラとかけていた」

「おじさん、母ちゃんは、小屋の前の崖の細い道を下って両天秤で樽に海水を汲んでは砂地に撒いたんだ。ぼくはその中から荒塩を取り出してドラム缶に入れて下から枯れ枝なんか拾ってきて焚いたんだ。そして塩をつくっていた」

「あの細腕の竹の葉がそんなことをしていたのかい。信じられない話だなあ。

儀ィやんはな、十年が経つのを心待ちにしていたんだ。たぶん、お前の母さんと約束してたんだろう。そして十年が経ち、私が儀ィやんの代理で菊丸のおかみさんと旦那にそのことを告げに行ったんだ。おかみさんはこう言った。

『儀ィやんに言っとくれ。確かに約束の十年は経ったとね。しかし、身請け金の四千円に少し足りないのはいいが、利息分が不足だよ。なんならサツに相談してもいいんだよ。もう一度竹の葉を連れ戻して今度は二枚にしてやろうじゃないか。居場所もわかったよ』とね。

儀ィやんは堪えた。あんたの成長を待ったんだ。そうすりゃ、夜逃げしてもなんとかなるとね。

それから戦争が始まった。そしてあんたの母さんの訃報が儀ィやんに届いた。儀ィやんは全てを失った。儀ィやんはおかしくなった。ついに北小学校の校庭の西側にある岩の上に立って、おかしな身振り手振りで『北浜の儀ィやん、どうじゃろうか』と言っては踊りだしたんだ。そんな儀ィやんを見つけると私はいつも抱きかかえて家に連れて帰った。

儀ィやんは町の子供たちから笑いものにされた。そしてある日、儀ィやんの姿が見かけられなくなった。北浜の海門寺公園の近くに引っ越した儀ィやんの家に行くと、焼酎の空き瓶が転がっていた。その傍に塩袋とあの鈴が二つ置いてあった。儀ィやんは死んでいたんだ。野口原無縁墓地に葬られたんだが、しばらくして儀ィやんの両親が骨を拾って帰ったんだ」

「おじさん、母はいつも別府の方へ向かって涙ぐんでいた。僕はいつも不思議に思っていたんだ。今、やっとその謎が解けた。僕が今ここにいる謎も解けた」

「あんた、よう、あの鈴の音を思い出してくれた。あの鈴を後であんたに上げよう。俺は儀ィやんの形見と思い俺の車に結びつけている。今度俺の家においで、塩袋も上げるよ」

「おじさん、僕はひとりぼっちになると、いつも何処からかチンチロリン、チンチロリンという音が聞こえてきたんだ。あれは儀ィやんが空のどこかで僕に鳴らしてくれていたんだね」

「ああ、俺もそう思う。儀ィやんはあんたの母さんに指一本触れなかった。そして死んでいったんだ。それだけ美しい恋だったんだ」

フー、否、里見武はついに堪えきれず男泣きした。母と二人で暮らした日々が彼の胸を熱くした。それはまた、佐田岬と別府を隔てていた夜の闇が、一瞬のうちに仄《ほの》かな明るさを彼にもたらした時でもあった。望郷の念が懐かしさを想起させる。

老車夫は里見武が泣きやむのを静かに待った。そしてまた、ぽつり、ぽつりと話し始めた。彼はすすり泣きながら老車夫の話を聞き続けた。

「武さん、あんた気がついたかどうか知らないけれど、あのミス別府はどこか昔の竹の葉、あんたの母さんに似ているんだよ。

二年ほど前の秋のことだ。ボチボチとアメリカ兵が見えだした頃、別府駅の裏の苺畑（戦後しばらく別府駅の裏は一面の苺畑だった）を車を引いて家に帰りかけた時だった。苺畑の小道の横に娘が一人、立っていた。私は永年の勘でピンときた。この娘は金に困っていて、ここに立っている。パンパンをやる勇気がないからここに立っていると読んだんだ。

『おい、娘さん、私が言うことが誤っていたら、おじさんの頬っぺたを思いっきり叩きな。あんたパンパンしようと思ってここに来たんじゃないかい』

『そうです。お金がなくなり生きていけないんです。仕事を捜しましたが見つからないんです。弟を高校に行かしているんです。でも私、勇気がなくてダメなんです』

その小娘はそう言ったんだよ。娘はそよ風に、心も指先も震えていたよ。花が今にも零《こぼ》れそうな風情だったよ。

俺はその時、この小娘があんたのお母さんに似てると思ったんだ。そしてなんとかしてやろうとね。それで周りのパンパンたちから〝ミス別府〟といわれるほどのパンパンに仕上げたのさ。浮世小路は俺の思い出の場所だ。その小路の中に空き部屋を見つけ、彼女の拠点にしたんだ。俺は車夫組合の幹部をしている。それだけに仲間たちからは妙な眼で見られたが俺は決心した。それで部屋の中を豪華に仕上げてやった。

武さん、このダブルベッドはすごいだろう。あのソファーも、鏡台も。勿論ゆっくりと私は返してもらった。そして儲けは七分を彼女に、俺は三分とした。俺は必ず夜の六時ごろに浮世小路の入口に立った。そうパンパン市場の真ん中だよ。あのリリー・クラブの連中も俺に文句ひとつ言えんかった。彼らは車夫組合の力を知っていたし、俺はこう見えても子分をたくさん持っているからさ。

俺は彼女に黒のドレスを着せ、白檀の扇子を持たせた。そして下士官以上の上物のみに的を絞らせた。車の中からミス別府は白檀の扇子をあおぎながら『プリーズ』と一言いうだけだった。彼女は見事に私の期待に応えた。いや、私の期待以上だった。風の便りに、あんた、いや、フーという男とマリーという女がリリー・クラブを解散させたとは聞いていた。それがまさか武さん、あんただったとは」

里見武は老車夫の名を尋ねた。老車夫は「岩沢章」と名乗った。そして彼は住所と場所、電話番号を書いた紙をフー、いや里見武に手渡した。それから二人は外へ出た。老車夫はフーに人力車に結びつけていた二つの鈴を渡した。浮世小路を二人して歩いた。老車夫はかつて「菊丸」があった場所を説明した。そこは普通の民家となっていた。「なるみ」の前で二人はしばらく立っていた。里見武は面会を約束し去ることにした。老車夫は海門寺まで送っていくと言ったが彼は断った。

「本当に有難うございました。近いうちに電話をして伺います。その塩袋を是非私に譲って下さい」と彼は言った。

フーは時計も見なかった。あちこちの酒場に入りカストリ焼酎を飲み続けた。海門寺公園に近づくと、シンガポールにいたときに見た蔓草を発見した。それは母のかつての恋人が死んだ場所でもあった。その蔓草は今は不要となった防火用水槽の土の中から塀をつたい、家の壁を這って二階の上部まで延びていた。

その蔓草の葉は殆ど枯れ落ち、赤い実をつけたカラスウリの蔓と絡まっていた。

フーは「あっ」と叫んだ。それは「涙の花」だった。そのときふと彼はシンガポールで死んだという父のことを思った。

「父もシンガポールでこの涙の花を見たであろうか」

ある娼婦が彼がこの蔓草を見続けていたとき語ってくれた言葉を思い出した。

「この花はね。涙の花というんです。私たちの哀しみを知っている花なんです。それ、見てごらん。ぽろり、ぽろりと花が涙のように落ちてくるでしょう。ほらね、ぽろり、ぽろりと」

それは白と紅色が混じった小さな花だった。

彼はその娼婦の言葉を思い出しつつ、儀ィやんを懐かしく思った。日本の人々はこの花を「あさひかづら」とか「とべかづら」というのを彼は知っていた。しかし、彼にとってこの花は「涙の花」であった。

フーは時代の闇の中を歩き続け、海門寺公園のトントン小屋の中に入ると眠りについた。夢を見た。その夢の中で幼き子が泣きつつ儀ィやんの懐の中であやされていた。幼き子は「儀ィやーん」と叫び続けていた。

生きとし生けるもの、生まれ出でし時、食物を与えてくれ、身の安全を保障してくれるものをもって父とし母となす。この法則に一つの例外もない。彼は儀ィやんを誠の親と信じた。儀ィやんこそが己の母の恋人であり、夫であった。彼にとってはまさしく父であった。たった一度たりともその母の手を握らず、一度たりとも「好きだ」といわずとも二人は深く結ばれていた。誠の恋は一条の光のようなものである。その光は億光年の彼方からやって来る。

フーは親鸞の「教行信証《きょうぎょうしんしょう》」の一節を思い出した。その中で親鸞は、上品《じょうぼん》の懺悔《ざんげ》は「眼の中より血を出ずれば……」と書いていた。彼はまた夢の中に入った。夢の中で目を開き、儀ィやんの微笑みが眠りの中で漲《みなぎ》っていくのを見た。幼な子の傍らに儀ィやんが立っていた。

「儀ィやんは僕を抱きしめた。眼から血を出しながら、その血の涙を唇で咬んで俺と母ちゃんを救ってくれた。儀ィやーん、儀ィやーん」

夢こそはうつつの真実を写す鏡である。

フーは眠り続けた。昼も過ぎた。海門寺公園の中に人々が集ってきた。闇マーケットも同様だった。クレージー・マリーが公園の中へとやって来た。いつものマリーとは様子が違っていた。あのいつもの笑顔が消え、その目は鋭く、しかも思い詰めたようだった。

マリーは慌ただしく一直線に突き進んだ。公園に群がる人々を避けようともしなかった。そして、フーのトントン小屋にやって来た。

「やい、いい加減に起きろ。フー、いつまで寝てるんだ」

マリーは大声でそう叫び続けた。ようやく小屋の中からフーが出てきた。その顔は少し腫れていた。瞳は焦点が定まらず、空高く昇った太陽の光を受けて瞬《またた》いた。眩《まぶ》しい太陽の光の中でフーはしばし現実に帰ることができなかった。

「ああ、マリーか。おはよう」

と、フーは言った。

「もう昼をとうに過ぎている。二時だ」

マリーは右手人差し指をフーに突きつけた。

「なんだい、お前は偉そうな顔して。私たちパンパンのためになるようなことをしてくれていると思ってたけど、とんでもねえ野郎だったんだな。昨日何処に行ってたんだ」

フーはマリーに言われてハッとした。昨日のことを思い出したからである。しかし、弁解することはできないと即座に思った。

「フー、あんた、ミス別府のところへ行ったんだってね。あいつの人力車が迎えに来たんだってね。あの女と一発やったんかい。よりによって、あの生意気なパンパンとやったんかい。もういい、やいフー、もう二度とあんたに顔を合わせることもなくなった。全くがっかりしたよ。アバよ」

一方的にそう言い放つと、マリーは公園の中ほどに来た。と、マリーは一度フーの方へと向き直った。その瞬間、バッグからミニ・コルトを取り出すと、一発空に向かってブッ放した。多くの人々は、何ごとが起こったのかとマリーを見た。マリーはもう完全に切れていた。

「おーい、ここにいる皆、よく聞け！　今からクレージー・マリー、またの名をゴマ塩のマリーがここでストリップをして見せるぞ。いいかい、ただで見せるんだ。皆、もっと近くに寄ってきな。いいかい、あたしはもうキレちまったんだ。クレージーなんだ。もう何も怖くないんだ。さあ、マリーのストリップショーの始まりだよ」

フーはやっとマリーの怒りを理解した。しかし、その怒りを鎮《しず》める術《すべ》のないことも理解した。マリーは白いブラウスを脱いで手に持った。多くの群衆から「ウォー」という響きが起こった。と、マリーはその群衆の中に海門の辰を発見した。

「やい辰、まぬけの辰、女に逃げられて捕まえきらねえ辰、それでもお前は海門の辰なのか」

フーは危険を感じ取った。それ以上喋ったらマリーが危ないと思った。しかし、マリーはいくら止めても喋り続けるに違いないとも思った。

フーが説得しようとして一歩足を前に出した時だった。

「やい辰、あのお雪はな、このマリーが竜宮城に乗り込んで引っ張ってきたんだ。お雪があんまり可哀相だったからさ。お前が雪の中を、お雪を引っ張る姿をマリーは見ていたんだ。やい辰、いい加減にせえ、お前はいい死に方をせんぞ。この阿呆めが。マリーはな、裏口のドアを開けて忍びこんでお雪を連れ出したんだ。この間抜けの辰！」

「なにおぅ、このアマ。ただじゃおかねえ」辰がマリーに飛びかかろうとした刹那、パンパン狩りのジープが来た。銃声を聞きつけ慌ただしくやって来たのだ。フーは叫んだ。

「マリー逃げろ！　お前は捕まるぞ」

ジープが止まり、ＭＰと警官たちが群衆の真ん中にいるマリーを目掛けて突進してきた。

マリーは幾分正気を取り戻した。そしてブラウスを手に取ると、ミニ・コルトをバッグに仕舞うなり、海門寺マーケットの中に跳び込み、路地から路地へと必死で逃げて、姿を消した。

それはほんの短い時間の出来事であったが、マリーにとってもフーにとっても大事件であった。マリーは海門の辰を敵に廻した。海門の辰は日頃からマリー一味の行動を苦々しく思っていた。そのマリーが鞍替え目前のお雪を逃がしたとあっては、生かしておくわけにはいかねえ、辰はそう思った。彼は警察の暗黙の了解を得て女を売買している周旋人であった。

海門の辰は子分はもとより、同じ周旋人仲間の二十人にマリーの行方を捜すよう依頼した。そして警察署にも出向き、善処を申し入れた。それは、マリーを〝処分〟する了解を暗黙のうちに求めることでもあった。ＭＰもマリーを逮捕する方針を決定した。辰は、マリーを見つけ次第リンチにかけて殺すか、お雪の身代わりに対馬に島流しにすると決めた。

フーはすでにマリーが別府を去ったものとばかり思っていた。そして予定より一カ月早いが、別府を去る決意を固めた。その日、フーはサブに告げた。

「サブ、俺は別府を去ると決めた。予定より少し早いが、お前も一緒に東京に行こう。多分、マリーは別府を去ったろう。そして二度と別府に帰ってはこないだろう。東京ベティも、キャンディもオリーブも去ったに違いない」

サブは黙って聞いていた。

「僕はフーおじさんと一緒に東京に行く。僕はフーおじさんみたいに働いて、中学、そして高校に行く。それからフーおじさんと同じ大学に行く。フーおじさん、僕をいい男にしておくれ。フーおじさんみたいな男になりたいんだ」

「サブ、明日の朝、ミイの処へ行ってこい。俺も後から行く。そしてお別れをしてこい。それからミノルの『希望の家』にもな。俺も最後に訪ねる。俺は人力車のおじさんとハニーに別れの挨拶をする。ここにやって来るパンパンたちにも別れを告げねばなるまい。急に恋文の代筆を止めるんだから。お前を誘ってくれた三人の仲間にもお別れを言ってこい。お前が浮浪児生活から脱出できたのもあの三人のおじさんのお陰だから」

二人はそれぞれのスケジュールを立てた。出発の日は十二月一日とした。あと三日ある。

サブはその日、「希望の家」にミノルを訪ねることにした。フーはハニーと連絡をとり、図書館で落ち合うことにした。フーはラブレターの代筆のキリをつけるために精を出しているところへハニーがやって来た。フーはミス別府のこと、自分がそのミス別府の部屋での老車夫との会話などを包み隠さずに喋った。ハニーは語りだした。

「フーさん、あんた知ってたんでしょう。マリーはね、あんたにぞっこんだったのさ。私たちパンパン仲間は、みんなマリーの心を知ってました。でも、フーさんに言っても仕方ないから黙っていました。

マリーはね、たしかに軍艦の後を追って基地を廻っていたんだけれど、もう一つ理由があったのです。それは、フーさんに会うのが辛かったんです。それで風のように消えたのです。分かりますか、フーさん。だから、あんな形で爆発したのです。私は何か起きると思ってました。だけど、フーさんにはとってはとてもいいことがあったんですね。フーさんは別府の人なんだ」

「ハニー、十二月一日に別府を去ることにしたよ。あと三日だ。ハニーの言う通り、自分の故郷が別府であることがわかってよかったよ。何も後悔してない。全てが終わったんだ。マリーとはスリリングな芝居を演じた。ネスゴロウたちの別府劇場という舞台の上で、マリーはいつもヒロインであり、俺は脇役を演じ切った。そして、これがラストシーンという理由だよ、ハニー」

「フーさん、ラストシーンは終わっちゃいません。マリーはあなたをもう一度訪ねて来ます。マリーはそんな女です。彼女は少し後悔してると思います。彼女は別府のどこかに隠れています。そして十二月　日にフーさんが東京へ向けて去ることをきっと知るはずです。フーさん、ラストシーンはもう一度あります。しかし、どんなラストシーンがあるのでしょうか。私は何か恐ろしくなってきました」

フーはハニーに自分の名前と住所を書いたメモを渡した。

「ハニー、ブラウンを大事にしろ。ブラウンとの結婚で何か問題が生じたら必ず俺に連絡しろ。お前とは末長くつきあっていきたい。ハニー、ラブレター代筆業のフーとしてではなく、弁護士里見武を今度は利用しろ。ハニー、君はブラウンと結婚できそうだ。君のように物静かで頭がよくてしかも美しい女はめったにいない。ではな、別れをしよう」

ハニーは突然妙なことを言いだした。

「フーさん、サブと一緒に私を東京に連れて行ってくれるなら、バッグひとつ持ってすぐにでも行きます。でもフーさんは口だけの人です。パンパンを一回抱く勇気はあったけれど、ただそれだけのことでした。フーさん、私の行く道には常に悲しい雨が降るのです」

別れ際にフーは言った。

「時々は手紙を書いてくれよ」

別れの挨拶は公民館の前だった。ハニーはフーに何も言わず、黙って一礼すると公民館の横の小道を通って姿を消した。フーは去って行くハニーの後ろ姿にほのかな香りを惜しんだ。

フーは老車夫が書いてくれた地図を眺めた。そして、この公民館からさほど遠くない所に彼の家があると思い、歩きだした。先に電話を掛けようとも思ったが、まだ一度も行ったことのない朝見界隈を見ておこうと思ったのである。朝見川沿いに歩き、二つの橋を越えた近くに老車夫の家を見つけた。

老車夫は庭の手入れをしていた。フーの姿を見ると我が子の帰宅を迎えるような喜びの表情をみせた。老車夫はフーに語り続けた。

「俺はなあ、浮世小路で芸者をしていた女を女房にした。幸いにも借金のない芸者だった。美人ではないがいい女だった。三年前にな、故郷にちょっと帰ると言って広島の呉に行った。そして帰りがけに広島で原爆にやられたんだ。子供はいねえよ。もう俺も年を取った。それに、ミス別府と組んでかなりの貯金もできた。だから電話が鳴った時だけ人力車を出すことにしたよ」

「岩沢さん、私は十二月一日の朝、別府を出ることにしました。儀ィやんが私を弁護士にしてくれました。母は親に売られた娘だったと知りました。私は人生の目標をしっかと定めました。親が自分の子供を売るのを禁ずること、そして、子供を買う奴を罰すること、女を銭で買う奴を罰すること、私はこれに売春禁止法という名をつけました。私はこの法律を国家が認めるまで闘う決心をしました。

この法律ができたら別府にもう一度帰ってきます。その時まで元気でいて下さい。私は、提唱する法律に反対する奴らを違法すれすれのやり方で脅し上げるつもりです。私は大衆に訴えかけることから始めます。その計画も立てました。あの時、儀ィやんが母を救ってくれなかったら、私はこの世にいなかったのです。これからも儀ィやんは、挫折しかけた私に、チンチロリン、チンチロリンと鈴の音を鳴らして助けてくれるでしょう。そのとき、儀ィやんの傍に母がいるはずです。あなたがくれた鈴をいつもポケットの中に入れて、勇気を持って国家売春の組織と闘う決心をしたのです。岩沢さん、私の父儀ィやんのためにご尽力いただき有難うございました」

老車夫はフーに塩袋を渡した。

「里見さん、あんた儀ィやんそっくりだ。喋り方も、生き方も儀ィやんそっくりだ。その塩袋の中の塩を嘗めてごらん。きっとそれが儀ィやんと母さんの愛の結晶というやつさ」

フーは老車夫に別れを告げた。

その夕方、フーは四国行きの船に乗った。そしてフーを助けてくれた儀ィやんの父と母に礼を言った。

「儀ィやんこそ私の父でした。私はこのことを別府で知ったのです」

老いた儀ィやんの父は言った。

「儀ィがなあ、この秘密をあんたに決して喋るなと言っとったんだ。だから話しとうても話せなかったんや。お墓参りをしましょうや」

母の墓の隣りに里見儀一の墓があった。フーは儀ィやんの墓を抱いて泣き続けた。老夫婦は泣き続ける里見武を黙って眺めていた。フーは儀ィやんの命日と母の命日には必ず墓参すると老夫婦に告げた。そして別府を去って東京で弁護士活動をすることも報告した。老夫婦は里見武の手を永く握り続けた。去りがたき想いを断ち切って、フーは別れの言葉を言った。

里見武は老夫婦に頼み、保戸島に帰る漁船に乗せてもらった。漁師に高島に寄って欲しいと頼んだ。

「私が別府の町で知りあった三人の戦災孤児がこの島にいるのです。私は明日いっぱい別府にいて東京に帰るのです」

その漁師は心よく応じてくれた。

この島は佐賀関の岬から約四キロ離れた島であり、旧日本軍の施設があった。敗戦とともにその要塞は取り除かれた。砲台、洞窟、ビロー樹の島に、敗戦後一年にして「高島海洋少年共和国」なる戦災孤児園が出来たのだった。春から夏、この島はウミネコでいっぱいになる。「ミャオウ、ミャオウ……」と何百羽がネコそっくりの声で啼き続けるのだ。

里見武は軍用家屋の壁が破れ、床が落ち、形だけの姿で残っているのを見つつ、荒涼たる軍用道路を上っていった。春ならば、と彼は思った。佐田岬と同じように、コデマリが咲き、ヤマユリも蕾の姿を見せるだろうにと。高台に出ると、パッと視界が展《ひら》けた。北は国東《くにさき》半島、北東に佐田岬がまるで絵のように浮かんでいた。その間に保戸島、無垢島、月見島が点々と散っていた。この高島が「海賊島」とかつて呼ばれていたことを彼は母から聞いていた。そして施設を訪れ、斉藤一二三園長に会った。彼が満州から引き揚げて、私財を全部注ぎこんで独力で築きあげた子供の城であった。百名を超える孤児たちが生活を共にしていた。眼光鋭くかつ微笑を絶やさない斉藤園長は里見に語った。

「満州から引き揚げて別府と大分の町に溢れている戦災孤児たちを目撃し、私はすぐに決断したのです。この高島に強引に施設を造りました。それから、大分と別府の警察署長の処へ行き直談判したのです。佐賀関の人々も最初は猛反対でした。しかし、彼らも理解してくれました。キュウリとカボチャを作り彼らのもとへ送り届けたのです。今、私はこの島を国営の〝鐘の鳴る丘〟にすべく働きかけているのです。里見さん、東京に帰られたら、行政を動かして下さい」

里見武は斉藤の手を固く握りしめた。そして彼の希望に添うように努力すると約束した。それから里見武はアキラ、ハヤブサ、ジロウの三人に会った。

「おい、あの歌を忘れるな。必ず俺のもとへやって来いよ」

「おいちゃん、僕たちと一緒にもう一度、『誰か故郷を思わざる』を歌ってくれよ」とアキラが言った。里見武と三人の孤児は海岸に立って歌いだした。そして、別れた。

彼は自らの進むべき道を荒波の中にはっきりと見た。そして遠ざかっていく高島に向かって心の中で叫んだ。

「儀ィやーん、父ちゃーん、この俺に力を授けてくれよ……。この俺に同じような情熱を与えてくれよ……。俺はあまりにも怠けすぎた。俺には本当の勇気がなかった。忍耐強く、自らの時を自分の力で到来させねばならないんだ。いかなる裏切りに遭遇しようとも……。やっとそれがわかった。

儀ィやーん、父ちゃーん、あなたは誠の時を生きた。静かに、そして烈《はげ》しく生きた。俺は今まで生きてきて、自分がどんなに多くの人々の手で育てられたのかを、やっと知りえた。行きずりの人々でさえ、俺と深く関わりあっていることを知った。

儀ィやーん、父ちゃーん、俺は未だ見ぬ世界へと旅立とうと思う。未来の成果を信じてね。多くの人々が、俺の成果を心待ちにしてくれているような気がするんだ。儀ィやーん、父ちゃーん、あなたが俺の未来を形づくってくれたように、未だ見ぬ人々のために、生まれてさえいない人々のために、何らかの希望という未来を、そっと差し出してあげたいと思う、一銭の報酬も一切求めずに。あんたがこの俺を救ってくれたようにだ。

儀ィやーん、父ちゃーん、この俺もあんたのような男になりたい。たぶん、否、きっと真暗な闇の中に俺は突き落とされるだろう。しかし、俺は心の中に迫力を漲《みなぎ》らせて生きてやる。儀ィやーん、父ちゃーん、この俺をどうか暗黒の中でも照らし続けてくれよ……。

そして、チンチロリン、チンチロリンと鈴の音を高らかに鳴らし続けてくれよ……」

サブはミノルに会いに早朝に「希望の家」を訪れた。ミノルは鶏の世話をしていた。学校に行く前に入所者全員がそれぞれの仕事を分担していた。鶏小屋を掃除し、餌を与えるのが今日のミノルの仕事であった。鶏は三十羽くらいいた。

「サブ、俺はここを一度逃げたんだ。そしたら深沢先生やフーさんに励まされて戻ってきた。もうどんなことがあっても辛抱すると決めたんだ。お前に魚を捕る姿を一度見せたかったなあ。フーさんのように岩に手を入れて鰻を捕まえるんだ。この『希望の家』はな、カバ焼ならいつでも食えるんだ。ちょっと俺が川の中に入ればいいんだ。でもな、ここの皆、先生もなあ、鰻に飽きちゃったんだ。お前のアジ食ってみてえなあ。

サブ、フーおじさんによろしくな。俺は中学を出たら漁師になる。ここの下の方に住む漁師のおじさんがなあ、俺を漁師にしたいと先生に言ったんだ。俺はな、その漁師のおじさんに言ったんだ。今度は海の中のタイでもイカでも手で捕まえて見せるとな」

それからサブは明星学園に行った。授業中だったので山の手の方を散策した。そして昼休みにミイに会った。

「ミイ、僕とフーおじさんは十二月一日に別府を発つ。そして東京に行く。青海島で見つけた貝殻を持ってきた。手を出しな、ホラきれいだろう」

ミイは貝殻を見つめていた。そしてサブに元気よく言った。

「サブ兄ちゃん、授業があるから私、別府駅に見送りに行かれない。だからここでお別れだよ。でも私は悲しまない。だってサブ兄ちゃんはこれからフーおじさんのもとで勉強ができる。サブ兄ちゃんは幸せなんだ。フーおじさんはサブ兄ちゃんを大事にしてくれる。私はハニーおばさんみたいに勉強して学校の先生になる」

「わかっているよミイ、フーおじさんからミイに伝えてくれと頼まれた。ミイ、明星学園で中学を出るように、そして東京に来るように、と。フーおじさんはミイを大学に行かしてやるからと伝えろと言った。ミイに詩を書いてきた。ぼくが帰ったら見てくれ。さよなら、手紙をくれよな。忘れるなよ」

「わかっている。私、サブ兄ちゃんに手紙を書くよ。手紙をいっぱい送る」

二人は笑って別れた。ミイはサブの後ろ姿を目で追いながらサブの詩を読んだ。

別れていくけど　別れではないよ
君がまた美しくなるのを見るために
ぼくはしばらく君と別れるのさ
君はもっともっと美しくなって
ぼくのところへ帰っておいで

サブは背を向けて去った。と、背後からミイが大きな声で言った。

「サブ兄ちゃん、詩を読んだよ」

サブはちらっとミイを見た。ミイはサブの詩の紙を振りつつ、両拳を握りしめ、空高く突き上げた。サブはまた背を向けて歩きだした。そして止まった。ミイに背を向けたまま、同じように両拳を上げた。別れは、花のさかりのごとくに静かであった。

十一月二十九日、フーはミノルに「希望の家」で会った。深沢清に厚く礼を言った。そして名前と住所を書いたメモを渡した。ミノルのことで何か用があったら連絡して欲しいと頼んだ。何事が起ころうとも、ミノルの身元保証人になることを進んで申し出た。フーはそれからミイに会った。

「ミイ、サブから聞いたと思うが、中学を出たら東京へ来い。お前とサブは俺の子供と思っている。ミイ、忘れるなよ」

「フーおじさん、私ね、勉強する。サブ兄ちゃんみたいに頭はよくないよ。でも、人の倍勉強する。必ずフーおじさんのところへ行く。そしてまた勉強する。そして、サブ兄ちゃんの嫁さんになる」

フーはミイを抱きしめたかった。しかしやめた。ミイが泣きだすかも知れないと思ったからだ。そして別れの時が来た。

「ミイ、憶えているだろう。昨年の盆踊りのときみんなで線香花火をしアイスキャンディーを食べたことを。おじさんはな、あの時、ミイに藍染めの浴衣を着せて団扇を持たせたいと思ったんだ。東京に来たときは、藍染めの浴衣をきっと用意しておくよ。ミイ、これでお別れだ」

十一月三十日、二人は帰るための準備に入った。たくさんのパンパンたちが別れにやって来た。東京ベティ、オリーブ、キャンディの三人は一緒にやって来た。

「マリー姉さんはあれから行方をくらましている。何処にいるのかもわからない」

と東京ベティはフーに言った。

「俺はな、もう別府にいないと思うんだよ。もしマリーに会ったら、悪いことをした、申し訳ないと伝えてくれ」

「ねえ、フーさん、私たちは辰の子分たちから居場所を教えろと半ば脅されたよ。でも、知らないと答える以外しょうがなかったよ。だからさあ、逆に言ってやったんだ。私たちこそ知りたいってね。フーさん、彼女は別府のどこかに隠れていると思うよ。そうでなければ、何らかの連絡をとると思うんだ。明日の朝フーさんが去って行くというのに」

その夜は雨となった。風も強かった。別府は十二月に入ると少しずつ冬らしくなる。たしかに冬の季節がやって来たのだ。大楠の葉がかさかさと揺れている。夜が深まると酒飲みたちも雨と風には我慢できない。殆どの人は家路を急いだ。

「鶴見山に初雪が降っているのだろうか。昨年より寒いなあ」

とフーは眠る気にもなれずに考えていた。

雨が一層激しくなった。雨が少しだけトントン小屋に入ってくる。土で四方を囲っているので少々の雨は軒下に入らなかったが今日は違った。サブも眠れないようだ。コトコトと音を立てている。十二時を過ぎたころに、眠気がフーを襲った。多忙な一日のせいだろうとフーは思った。そして深い眠りに落ちると、雨は一層激しくなった。フーは目が覚めた。激しい雨音とは異なる音をフーは聞いた。フーは眠っていても、ちょっとした音で目を覚ました。戦場での危機意識がフーに残っていたのだ。その鋭敏なフーの感覚が異常をキャッチした。

「フーさん、フーさん」

という低い声にフーは「あっ」と思った。フーは眼を覚ました。そして戸を開けた。

和傘を少し畳んで、びしょ濡れになっているマリーがそこに立っていた。

「マリーか、どうした。こんなときに。お前は辰たちに狙われているんだぞ。危ないんだぞ」

「いいのさ。たぶん狙われている。でもフーさん今日の朝別府を発つんだろう。私はね、三人組から聞いたんじゃないよ。あの三人組も狙われているのは知ってんだ。私は北浜の露路を逃げ廻って、ある神社の床下に逃げ込んでいたんだ。そこにやって来たパンパンたちの話を聞いていた。そしたらフーさんに別れを言いに行ったパンパンたちが喋っているので耳を傾けたのさ。あのまま別れたら、今までフーさんと演じてきた別府劇場が中途半端じゃないかい。せめて、さあ、ラストシーンだけはきちっときめなきゃさ……。

それにさあ、私はクレージーな女だろう。ついカっとなったのさ。ごめんよ。あんなこと言ってさあ。フーさんは女にもてる男なんだ。たいしたことなかったのさ、私が悪かった。ただ詫びを言いに来ただけだ。私はたった一人でこの町を去って行くつもりだ。もう二度と帰らない。フーさんのいない別府は私の住む別府じゃないんだ。サブをよろしくね」

　サブもマリーの言葉を聞いていた。

「マリー姉さん有難う。姉さんのお陰でぼくは不良にならずに生きてこられた」

「マリー急げ、別れはつらい。だが危険だ。マリー、またいつか会おう。ハニーに住所を教えている。東京にやってこい。急げマリー」

「わかったよ。さようなら」

　大雨の中にマリーの姿が消えかかった時、異様な音が二度聞こえた。フーとサブは大雨の中を走った。海門の辰が大楠の陰から躍り出て日本刀でマリーを斬った後だった。倒れかかるマリーに辰は二度目の刀を振った。そして倒れたマリーの背に刀を突き刺した。そしてそれを抜いた。

「ざまあみろ、お前がここに帰ってくると俺はふんで、竜宮城の二階から眠りもしないでお前を待っていたんだ」と辰は叫んだ。

「いいか、マリーとやら、よくもお雪を連れ出してくれたな。お前は行き倒れとして処理される。MPも狙ってたんでお前は一巻の終わりとなる。明日の朝、車が来てお前を野口原に運ぶだろう。無縁墓の中に埋められるだけだ」

と、辰は捨て台詞を残して去りかけた。その瞬間、倒れたマリーはバッグからミニ・コルトを取り出して辰の心臓の真ん中に弾を撃ち込んだ。辰はワーっと悲鳴を上げて倒れかけた。マリーはもう一発撃った。今度は顔面に命中した。マリーは動かなくなった。フーとサブが聞きつけた異様な音はマリーが撃ったピストルの音であった。フーとサブが走り寄ったとき、マリーと辰はすでに倒れた後だった。

フーはマリーを抱きかかえた。

「マリー、しっかりしろ、マリー」

フーは大声で叫んだ。

「フーさん、もう駄目だ。ああ、フーさん、嬉しいよ。フーさんの胸に抱かれて死んでいけるんだねえ。私はね、いつもフーさんに抱かれる夢を見てたんだ。フーさん、このラストシーンは素晴らしいよ」

マリーはもう気力を失いかけていた。顔は蒼白となった。

「マリー、生きるんだ。いいか、それくらいの血が出ても大丈夫だ。サブ、シャツを脱げ。マリーの血を止めるんだ」

マリーはフーの声に呼応して眼を開けた。

「フーさん有難う、本当にいい人生だったよ。フーさんに会えて幸せだった。このバッグの中に少しのお金と預金通帳が入っている。サブにあげておくれ。サブ、フーさんみたいな男になりりな」

死がそこに迫っていた。フーは幾度もマリーに声をかけたが反応がなかった。フーとサブはマリーが死んだのかもしれないと思った。そのときマリーは何を思ったか、あらんことを口にした。

「フーさん、お願いだ、これじゃ死にきれないよ。辰の血が流れてきて私の血と混じりあうよ。フーさん……」

フーは血だらけのマリーをそっとその場に置くと、こぶしを固く握りしめ、マリーの周りの地面を力強く一気に円形状に削っていった。土が、小石がそして少し大き目の石さえもが宙に舞った。フーは溝の周囲に宙に舞った土や石で土塀をつくった。ものの数十秒だった。マリーの血と辰の血は、その一瞬にして誕生した深い溝と土塀で混じりあうことがなかった。

「フーさん、フーさん、逃げてよ、逃げてよ。辰の子分たちが、あんたたちを殺しに来るよ……」

それがマリーの最後の言葉だった。

フーはマリーの死の中に、死になりきっている死を見た。マリーは生死の輪廻の外にいた。その死は、苦しみからは遥かに遠いものであった。その唇は確かに生気を失って死者のものであった。死せるマリーはフーに生死を超えたところから声をかけた。

「フーさん、サヨナラ、あなたはきっとこの世界の秘密を知るオトコになるわ……」

全ては失われるのである。全ては去って行くのである。そして、虚無の世界に入って行くのである。そのとき、生まれる前の姿に帰るのである。マリーは創造の世界に入り、愛して止まなかった男に、この世界の秘密を語ろうとしたのである。「全てが幻であり、香りであり、音楽である」世界の秘密を。

雨が降りしきった。この世の全ての草花樹木を潤さんとするが如くに。

「マリー……、お前こそは俺の希望だった。俺はお前から生きることの素晴らしさを教えられた。どんな境遇の中に生きようと、決して絶望してはいけないのだと、お前は俺を励まし続けていたんだ。俺はやっと立ち上がることができそうになった。そんな時にお前は死んでしまうのか。希望という美しい言葉を、俺の心の中に刻み続けたままで死んでしまうのか。マリー……、お前のやさしさが俺の心を締めつける。マリー……」

フーはマリーの死の中にこの世の名残りの歌を聞いた。その歌は、フーの心の中に幽《かす》かに住み続けていたのであった。サブにフーは言った。

「さあ、サブ行こうや。予定より数時間早かっただけだ。ここを去ろう」

二人はトントン小屋に入ると背中にバッグを背負った。手荷物はそれ一つだった。

「フーおじさん、白鳥が死んでいるみたいだよ」

「マリー、このまま去る。今しばらく待て。俺は必ずお前の故郷に墓を立てるからな。このまま去るのをどうか赦せ」

二人は駅に向かって走りだした。汽笛が遠くから聞こえてきた。

「サブ、あの汽車は石炭を積んだ宮崎行きの貨物列車だ。石炭の上に乗ってみようや。ぐるっと日本列島を廻って東京に行こう」

遥かに遠い歌の調べを聴きつつ◉終章

高島にいたアキラが里見武を訪れたのは、昭和二十五年（一九五〇年）の春であった。高島の施設は戦災孤児が減るにつれて縮小された。ハヤブサとジローは島を勝手に出て姿を消した。それで一人になったので、斉藤園長に頼んで別府の鉄工所で半年働いた後、東京に来た、とアキラは語った。里見武は斉藤一二三と連絡をとりあい、高島の施設を国営にするように動いた。三千万ないし四千万円の金が予算として組まれた。しかし、孤児たちの減少ゆえにこの計画は挫折した。

里見武はアキラの希望を叶えてやるべく、映画の看板屋に入れた。時折、里見武とサブのもとへアキラは美人画を描いて持ってきた。

アキラは里見武にいつもこう語った。

「おじさん、ハヤブサとジロウが来たら、すぐに俺に知らせてよ」

里見武は弁護士としての活動を再開した。サブは里見三郎となり、昭和二十四年四月に中学一年生となった。

ミイからはたびたび手紙が来た。やがて中学を出るころには東京に出てくるだろうと、里見武と三郎は心待ちにするようになった。

マリーがサブに残した貯金通帳から、マリーの本名と本籍地が判明した。マリーの故郷は、佐田岬と別府の両方を遠望できる地であった。里見武は大学時代の友人に依頼し、秘かに野口原の無縁墓地に葬られていたマリーの骨をその故郷の地に移してもらった。そして、小さな墓をその地に建てた。別府を去って一年後のことである。春、マリーの墓のある丘にはミカンの白い花が咲く。

また、彼はその友人に依頼し、マリーの人生航路を追跡してもらった。

マリーは戦災で全てを失った女性の一人であった。その友人は調査書の最後に次のように書いていた。

「誠に不思議な女性です。各基地に足を運んでみましたが、マリーはどこでも人気者でした。里見君、死せるマリーは今も生きているのではと思わずにいられません」

友人の報告書は断片的なものであったが、マリーの人生の概要を知りえた。里見武は三郎にその報告書を読ませた後に、彼の前で焼却した。マリーは二人の心の中に秘かに生き続けることになったのである。マリーは生き続けている。マリーの残した言葉の一つひとつが二人の心の中に大きな影響を及ぼしているのだ。人は死しても、ひとときの生ではないのだ。あのマリーの行動の美しさが、どうして消えていくことがあろう。

昭和二十五年六月二十五日、朝鮮戦争が勃発した。ハニーの恋人のブラウンの第十九連隊は最前線で北朝鮮人民軍と激しく闘っていた。多くの犠牲者が出た。ブラウンはこの戦争で死んでいった兵士の一人となった。

この年の八月、米兵と駐留地の外国婦人が結婚して本国に花嫁を連れて帰ることを許す「軍人花嫁法案」がアメリカ下院、上院を通過した。晴れて国際結婚への道が開けた。ブラウンとハニーはその第一号になるのを夢見ていた。しかし、ブラウンが死んだために、その夢は消えた。ハニーは戦争花嫁になれなかったのだ。

ハニーは里見武への手紙の中でブラウンの死を伝えた。ハニーの悲しみの手紙の最後は次のように書かれていた。

「……私はまた一つ希望を失いました。人生は劇場のようなものだとマリー姉さんが語った言葉を思い出しました。自分自身で芝居の主役となり、泣いたり、笑ったり、感激したりして生きていく以外にないのだと……。でも、私の劇場の廻り舞台の回転はあまりにも速いようです。私はきっと新しい人生を生き続けるために、旅立ちの時を迎えているのでしょうね」

里見武は、ハニーを東京へ迎えようかと思った。そして手紙を書きかけて反古《ほご》にした。それではハニーはきっと弱い女になってしまうだろう。そして、もう一度挫折してしまうだろう。里見武はそう思ったのである。

「ハニー、この名で手紙を書くことを赦して欲しい。ハニー、人生は予期せぬことだらけだ。だからこそ、人生は生きるに値するのだよ。君は両親と妹さんと美しい別府に生き続けている。君の心を癒してくれる人々と別府で生きている。

ハニー、もう一度、最初から人生をやり直せ。君の長所を発見したらどうだろう。君の英語の力は並ではない。君は英語の小説を読めるほどの力を持っているではないか。その力を生かして勉強したらどうだろう。しっかりとした目標があれば、どんなに貧しくとも生きていくことができる。ハニー、英語の教師になるといい。過去をあばく奴がいても無視すればいい。私は別府で自分の出生の秘密を知った。生まれるはずのない子供だった。

私はその過去をバネにして生きる決心をした。今、私は売春禁止法の成立を訴えるべく立ち上がっている。女性指導者たちと一緒に働き、縁の下の力持ちの役を演じている。貸席の業者と、彼らとグルになっている政治家たちから連日のように攻撃を受けている。しかし、私は泣き言を言わない男になろうとしているのだ。

ハニー、人生は目的を持たぬ者にとってはあまりにも短い。君の悲しみを私は深く理解する。だから敢えて君に言いたいのだ。泣き言を言う自分を叱れ。

ハニー、マリーの墓を建てたよ。別府と私の故郷佐田岬を遠望できる丘の上にマリーの墓はある。春、白いミカンの花がいっぱいだよ。いつの日か、マリーの墓を二人でお参りしよう。元気なハニーになるよう祈っているよ。

〝海の門〟で共に過ごした友人フーより」

それから一年が過ぎた昭和二十六年四月、ハニーから里見武に手紙が届いた。ハニーの手紙は短かった。

「フーさま、私は勉強しました。泣き言を言わない女になるために。そして、大学に入学することができました。大学の英語教師が『君はよく頑張ったね』と言ってくれました。

私は今日から、ハニーをやめます。フーさま、あなたを里見武さまと呼びます。私は今日から坂上京子となります。里見武さま、あなたの仕事への情熱、私は好きです。親が子供を売ったり、その子供を買って売春させたりするようなことを認めている国家への里見さまの挑戦を別府から静かに応援しています。里見武さま、どうか新しい日本の夜明けのために頑張って下さい。

私は泣き言を言わない女になりました。英語教師となり若い人々に希望の灯を一つでも授けたいと思っています。どうかお体に気を付けて下さい。

坂上京子」

昭和三十一年（一九五六年）七月六日、朝七時六分。別府駅発臨時列車十四両で、米軍の五〇八空挺隊が出発した。〝蛍の光〟の行進曲の中を列車が発車すると、白い色、黒い色の愛人を追って列車に縋《すが》りながらホームを走るパンパンたちがいた。あるパンパンはハンカチを振り続けた。また、どっと友達の肩に泣き崩れるパンパンがいた。

打ち上げ花火の轟音を合図に、米軍楽隊の吹奏する陽気なロックン・ロール、「グッドラック五〇八」のプラカードを掲げたツルミ・キャバレーのダンサーたち……。大分交通のバンドは別れの曲を流し続けた。かくてこの七月に、殆どの米兵たちは別府を去った。

ベティ、オリーブ、キャンディたちも福岡県の築城や芦屋の基地に米兵を求めて別府を去って行った。

昭和三十三年（一九五八年）四月一日、ついに売春防止法が完全施行された。里見武が訴え続けたのは売春禁止法であったが、それでもこの法の成立により、人間が人間を売買し、売春をさせることを認めていた国家が、その立場を放棄したのであった。

売春防止法施行に先立つ三月十五日、里見武は十年ぶりに別府を訪れた。彼は老車夫のもとへと一直線に向かった。

岩沢章は彼を温かく迎えた。少し年を取ったかなと里見武は思ったが、その顔には衰えの一片も見えなかった。里見武は心の中に溢れてやまぬ想いを一気に吐き出したのである。

「誠に有難うございました。あなたの力添えで私は今日の自分があるのです。

私は十年前、岩沢さんに約束しました。売春禁止法を成立させるまでは別府の地に帰らないと。満足したものではありません。しかし、なんとか目標に達したと思っているのです。岩沢さん、あなたの儀ィやんへの優しさがこの私の生を育んだのです。岩沢さん、あなたが私の父儀ィやんのように思えてならないのです。どうか、この鈴の音を聞いて下さい。チンチロリン、チンチロリン……と今も鳴り続けています。岩沢さん、この鈴の音が、どれだけ私を勇気づけてくれたことか……。あなただけが、この鈴の音の秘密を本当に知る方なのです……」

里見武は岩沢と夜遅くまで酒を酌み交わした。岩沢の好意を受け、その晩は岩沢の家に泊まった。

翌日、里見武は再びあの中央公民館の前でハニー、否、坂上京子に会った。彼女は中学校の英語教師となっていた。

「やはり美しい」と里見武は思った。十年という年月が流れていた。

「ちっとも変わっていないね。昔のようにハニーと呼んでいいかい」

「ええ、あなたは今でもフー様ですよ。私の心の中に生き続けているフー様ですよ。どうして忘れることができましょう。私はフー様とマリー姉さんから生きる勇気を貰ったのです」

「ハニー、ひとつだけ聞いてもいいかい。君には恋人がいるのかい？」

「いいえ、私にはもう恋をする気がないのです」

里見武は、ハニーと恋に落ちたいと思った。しかし、その気持ちを抑えた。

「ハニー、私は今日、海門寺に行ってみようと思う。何かを得たあの場所で、もう一度、自分が何者であったのかを知りたいと思う」

「フーさま、あなたの心の中にはマリー姉さんが今も生きています。私はあなたと初めて会った時から判っていました。私も一つ聞きたいのです。東京に恋人がいらっしゃるのですか」

「いない。考えてみたら、毎日毎日、あの売春防止法のために明け暮れていたよ。この十年という歳月は何だったんだろうね」

ハニーはフーの目をしっかりと見据えた。

「私は新しい人生を生きることに決めました。これからはハニーとフーの関係ではなく、里見武と坂上京子との関係では如何でしょうか」

里見武は戸惑った。

「里見武さま、私はブラウンが死んだ後にやっと解ったのです。自分の気持ちに素直に生きてみよう。そして、泣き言だけは言うまいと。私は、恋をすると決めました。それも今ですよ、たった今ですよ。分かりますか」

里見武はたじろいだ。水を浴びせられたように。今までのハニー、否、坂上京子とは全く違う女性が眼の前にいたからである。

「里見武さま、私はあなたと恋に落ちることに決めました。いいでしょう。私はずっと、あなたが好きでした。分かっていたでしょう。あなたは、私の心の絃を掻き鳴らし続けていたのです。私の心の中に忘れな草の種を植えたのです」

坂上京子は里見武の腕に自分の腕を絡ませた。そして、体を寄せた。

「歩きましょう。別府の町を歩きましょう。この美しい町を歩きましょう」

坂上京子は里見武を引っぱって歩き出した。そして、語りかけた。

「東京に時々出かけますよ。東京の街をあなたとこうして腕を組んで歩きましょう。もうすぐ春休みです。私は東京に行きます。いいでしょう？」

里見武は頷くだけであった。男は冬眠から目覚めし女の影である。雨が降ってきた。坂上京子の傘を里見武は開けた。

そして、海門寺公園にやって来た。二人は大楠の下に立った。

海門寺公園はすでに昔の面影を失っていた。

里見武は、二匹の蝶が狂おしいほどに雨の中で舞っているのを見た。その二匹の蝶は螺旋を描きつつ雨雲の中へと去っていった。

「幻ではない。確かに二匹の蝶を見た」と彼は想った。

雨音や　夢の跡見し　海門寺

坂上京子は里見武に寄り添った。二人は海門寺公園を去った。そして、海の方へと向かった。

二人は遥かに遠い音の調べが〝海の門〟に漂い来るのを聴きながら歩いて行った。

海のように湧き出づる想いを互いに抱きつつ……。

私家版時のあとがき

この本を出版するにあたり、私は多くの方々にインタビューをした。彼らの協力なくしてこの本は存在しえない。あえて、その人々の職業や名前を書かないことにするが、心からのお礼を申し述べたい。

敗戦から半世紀以上が過ぎ去った。敗戦時、作者は小学生になったばかり。そして、様々な出来事を見続けてきた。今、思い出しても当時の様子が鮮明に浮かんでくる。今の若い人々は、敗戦時の人々の苦しみを知らない。否、知ろうとさえしない。たしかに時代は過ぎた。しかし、あの苦しみの中から現代の繁栄が生まれてきたのだ。貧しい人々、パンパンと呼ばれた人々、女郎と蔑まされた人々に私は限りなき想いと万感の懐しみを寄せて、この『海の門』を書いた。
文中に、「パンパン」「女郎」という差別用語が頻繁に出てくる。また他にも現在では用いない言葉がある。だがこれらの用語を使用することなく『海の門』は存在しえない。読者のご寛容をお願いしたい。

平成十四年九月二一五日

鬼塚英昭

◉著者について
鬼塚英昭（おにづか ひであき）
1938年、大分県別府市生まれ、現在も同市に在住。国定教科書や御用学者・お追従史家、広告代理店隷属の既得権マスコミ各社が流布する日本の歴史に疑義を抱いてタブーに挑み、国内外の膨大な史料を渉猟して常識を覆す数々の発見を繰り返している。その陰には超人的な読書量があり、焼酎と珈琲をこよなく愛する毎日がある。

海《うみ》の門《もん》

別府《べっぷ》劇場《げきじょう》哀愁篇《あいしゅうへん》

◉著者
鬼塚英昭《おにづかひであき》

◉発行日
初版第1刷　2014年5月20日

◉発行者
田中亮介

◉発行所
株式会社 成甲書房

郵便番号101-0051
東京都千代田区神田神保町1-42
振替00160-9-85784
電話03(3295)1687
E-MAIL mail@seikoshobo.co.jp
URL http://www.seikoshobo.co.jp

◉印刷・製本
株式会社 シナノ

Printed in Japan, 2014
ISBN978-4-88086-314-6